GUILLAUME APOLLINAIRE

LE FLÂNEUR
DES DEUX RIVES

TRACT 2.

1

LE FLANEUR

DES DEUX RIVES

DU MÊME AUTEUR

L'ENCHANTEUR POURRISSANT, in-4°, tiré à 106 exemplaires. Paris, Kahnweiler, 1909, avec bois gravés par André Derain.

L'HÉRÉSIARQUE ET Cⁱᵉ, in-18. Paris, P. V. Stock, 1910.

LES PEINTRES CUBISTES, petit in-4° avec portraits et reproductions. Paris, Figuière, 1912.

ALCOOLS, 1898-1913, poèmes avec un portrait de l'auteur par Pablo Picasso, in-18. Paris, *Mercure de France*, 1913.

CASE D'ARMONS, in-4°, polygraphié à 25 exemplaires sur papier quadrillé. Aux Armées de la République, 1915.

LE POÈTE ASSASSINÉ, in-18, couverture en couleurs de Capiello, portrait de l'auteur par André Rouveyre. Paris, L'Édition, 1916.

VITAM IMPENDERE AMORI, in-8°, poèmes tirés à 215 exemplaires, avec 8 dessins d'André Rouveyre. Paris, *Mercure de France*, 1917.

LES MAMELLES DE TIRESIAS, drame surréaliste en deux actes et un prologue, représenté le 24 juin 1917, texte et musique avec des dessins de Serge Férat, in-8 carré, éditions Sic., 1918.

CALLIGRAMMES, poèmes de la paix et de la guerre (1913-1916), avec un portrait de l'auteur par Pablo Picasso, gravé sur bois par R. Jaudon. Les exemplaires de luxe contiennent un second portrait par Picasso, gravé à l'eau-forte par R. Jaudon. Paris, *Mercure de France*.

LE BESTIAIRE OU CORTÈGE D'ORPHÉE, poèmes accompagnés de bois gravés par Raoul Dufy, reproduction complète de l'édition in-4°, tirée à 1200 exemplaires. Grand in-12 carré. Paris, éditions de la Sirène, 1918.

Guillaume APOLLINAIRE

LE FLANEUR DES DEUX RIVES

Avec une Photographie de l'Auteur

ÉDITIONS de la SIRÈNE

12bis, Rue La Boëtie. - PARIS

MCMXVIII

COLLECTION des TRACTS. — N° 2

Il a été tiré de cet ouvrage :

5 exemplaires sur Chine, numérotés de 1 à 5 ;
50 exemplaires sur Hollande, numérotés de
6 à 55.

G A

JUSTIFICATION DU TIRAGE

Copyright by les Éditions de la Sirène
Paris 1918.

SOUVENIR D'AUTEUIL

Les hommes ne se séparent de rien sans regret, et même les lieux, les choses et les gens qui les rendirent le plus malheureux, ils ne les abandonnent point sans douleur.

C'est ainsi qu'en 1912, je ne vous quittai pas sans amertume, lointain Auteuil, quartier charmant de mes grandes tristesses. Je n'y devais revenir qu'en l'an 1946 pour être trépané à la Villa Molière.

★
★ ★

Lorsque je m'installai à Auteuil en 1909, la rue Raynouard ressemblait encore à ce qu'elle était du temps de Balzac. Elle est bien laide maintenant. Il reste la rue Berton, qu'éclairent des lampes à pétrole, mais bientôt, sans doute, on changera cela.

C'est une vieille rue située entre les

quartiers de Passy et d'Auteuil. Sans la guerre elle aurait disparu ou du moins serait devenue méconnaissable.

La municipalité avait décidé d'en modifier l'aspect général, de l'élargir et de la rendre carrossable.

On eût supprimé ainsi un des coins les plus pittoresques de Paris.

C'était primitivement un chemin qui, des berges de la Seine, montait au sommet des coteaux de Passy à travers les vignobles.

La physionomie de la rue n'a guère changé depuis le temps où Balzac la suivait lorsque, pour échapper à quelque importun, il allait prendre la patache de Saint-Cloud qui l'amenait à Paris.

Le passant qui, du quai de Passy remarque la rue Berton, n'aperçoit qu'une voie mal tenue, pleine de cailloux et d'ornières et que bordent des murs ruineux, clôture à gauche d'un parc admirable et à droite d'un terrain qui a été destiné par ceux qui le possèdent à des fins diverses et bien singulières. Une partie est aménagée en jardin ; ailleurs se trouve un potager ; il y a encore des matériaux et d'une grande porte donnant sur le quai part un large chemin sablé qui mène à un grand théâtre en bois. Monument bien imprévu à cet endroit et que l'on appelle la salle Jeanne-d'Arc. Des lambeaux d'affiches déjà anciennes montraient, en 1914, qu'une fois, il y avait peut-être quelque cinq ou six ans, *la Passion de N. S. Jésus-Christ* y avait été représentée. Les acteurs, c'étaient peut-être des gens du monde et vous avez peut-être rencontré dans un salon le Christ d'Auteuil; un baron de la Bourse converti y joua peut-être à la perfection le rôle ingrat de ce saint caïnite, Judas, qui commença par la finance, continua par l'apostolat et finit en sycophante.

Mais que le passant entre dans la rue Berton, il verra d'abord que les rues qui la bordent sont surchargées d'inscriptions, de *graffiti*, pour parler comme les antiquaires. Vous apprendrez ainsi que *Lili d'Auteuil aime Totor du Point du Jour* et que pour le marquer, elle a tracé un cœur percé d'une flèche et la date de *1884*. Hélas! pauvre Lili, tant d'années écoulées depuis ce témoignage d'amour doivent avoir guéri la blessure qui stigmatisait ce cœur. Des anonymes ont manifesté tout l'élan de leurs âmes par ce cri profondément gravé : *Vive les Ménesses !*

Et voici une exclamation plus tragique : *Maudit soit le 4 juin 1903 et celui qui l'a donné.* Les graffites patibulaires ou joyeux continuent ainsi jusqu'à une construction ancienne qui offre, à gauche, une porte cochère superbe flanquée de deux pavillons à toiture en pente; puis on arrive à un rond-point où s'ouvre la grille d'entrée du parc merveilleux qui contient une maison de santé célèbre, et c'est là que l'on trouve aussi l'unique chose qui relie — mais si peu, puisque la poste est très mal faite — la rue Berton à la vie parisienne : une boîte à lettres.

Un peu plus haut, on trouve des décombres au-dessus desquels se dresse un grand chien de plâtre. Ce moulage est intact et je l'ai toujours vu à la même place, où il demeurera vraisemblablement jusqu'au moment où les terrassiers viendront modifier la rue Berton. Elle tourne ensuite à angle droit et, avant le tournant, c'est encore une grille d'où l'on voit une villa moderne encaissée dans une faille du coteau. Elle paraît misérablement neuve dans cette vieille rue, qui dès le tournant, apparaît dans toute sa beauté ancienne et imprévue. Elle devient étroite, un ruisseau court au milieu, et par-dessus les murs qui l'enserrent, ce sont des frondaisons touffues qui débordent du grand jardin de la vieille maison de santé du docteur Blanche, toute une végétation luxuriante qui jette une ombre fraîche sur le vieux chemin.

Des bornes, de place en place, se dressent contre les murs et au-dessus de l'une d'elles on a apposé une plaque de marbre marquant que là se trouvait autrefois la limite des seigneuries de Passy et d'Auteuil.

On arrive ensuite derrière la maison de Balzac. L'entrée principale qui mène à cette maison se trouve dans un immeuble de la rue Raynouard. Il faut descendre deux étages et, grâce à l'obligeance de feu M. de Royaumont, conservateur du musée de Balzac, on pouvait sinon descendre l'escalier même que prenait Balzac pour aller rue Berton et qui est maintenant condamné, du moins prendre un autre escalier qui mène dans la cour que devait traverser le romancier et passer sous la porte qui le faisait déboucher dans la rue Berton.

On arrive, après cela, en un lieu où la rue s'élargit et où elle est habitée. On y trouve une maison adossée contre la rue Raynouard et qui la surplombe. Une vigne grimpe le long de la maison et, dans des caisses, poussent des fuchsias. A cet endroit un escalier très étroit et très raide mène rue Raynouard en face de la neuve voie qui est l'ancienne avenue Mercédès, nommée aujourd'hui avenue du Colonel-Bonnet, et qui est l'une des artères les plus modernes de Paris.

Mais il vaut mieux suivre la rue Berton qui s'en va mourant entre deux murs affreux derrière lesquels ne se montre aucune végétation, jusqu'à un carrefour où la vieille rue rejoint la rue Guillou et la rue Raynouard, en face d'une fabrique de glace qui grelotte nuit et jour d'un bruit d'eau agitée.

Ceux qui passent rue Berton au moment où elle est la plus belle, un peu avant l'aube, entendent un merle harmonieux y donner un merveilleux concert qu'accompagnent de leur musique des milliers d'oiseaux, et, avant la guerre, palpitaient encore à cette heure les pâles flammes de quelques lampes à pétrole qui éclairaient ici les réverbères et qu'on n'a pas remplacées.

La dernière fois qu'avant la guerre j'ai passé rue Berton, c'était il y a bien longtemps déjà et en la compagnie de René Dalize, de Lucien Rolmer et d'André Dupont, tous trois morts au champ d'honneur.

*
* *

Mais il y a bien d'autres choses charmantes et curieuses à Auteuil...

*
* *

Il y a encore, entre la rue Raynouard et la rue La Fontaine, une petite place si simple et si proprette que l'on ne saurait rien voir de plus joli.

On y voit une grille derrière laquelle

se trouve le dernier *Hôtel des Haricots!*...
Ce nom évoque l'Empire et la garde nationale. C'est là que l'on envoyait les
gardes nationaux punis. Ils étaient bien
logés. Ils y menaient joyeuse vie, et aller
à l'*Hôtel des Haricots* était considéré
comme une partie de plaisir plutôt que
comme une punition.

Lorsque la garde nationale fut suppri-
mée, l'*Hôtel des Haricots* se trouva sans
destination, et la Ville y fit son dépôt de
l'éclairage. Tel quel, il constitue un musée
assez curieux, propre à éclairer — c'est le
mot — sur la façon dont s'illuminent, la
nuit, les rues parisiennes.

Il n'y a plus que très peu de lanternes
anciennes. On les a vendues aux com-
munes suburbaines, mais en revanche,
quelle forêt, sans ombre, de fûts en fonte,
de lyres, de réverbères à gaz et à l'élec-
tricité !

On n'y voit guère de bronze ; il n'y a de
réverbères en cet alliage coûteux qu'à
l'Opéra. Autrefois, on cuivrait la fonte,
et ce cuivrage revenait à près de 200 francs
par réverbère.

Aujourd'hui, la Ville est plus économe,

on peint seulement les réverbères avec une couleur bronzée, et l'opération revient à 3 francs environ.

Les plus hauts et les plus grands réverbères, ce sont ceux du modèle dit des boulevards. Voici encore les consoles qui servent aux angles et dans les rues à trottoirs étroits.

Mais on peut regretter que la Ville n'ait pas conservé, dans son dépôt, au lieu de les vendre, un spécimen au moins de chaque appareil d'éclairage.

Il y en a bien quelques-uns à Carnavalet, mais si peu, et quelques photographies de certains modèles se trouvent encore à la Bibliothèque Lepelletier de Saint-Fargeau.

En été, une visite au musée de l'éclairage n'est pas recommandable. Il n'y a pas plus d'ombrage, dans ce bocage métallique, que dans une forêt australienne.

*
* *

Mais, il y a de l'ombre sur la petite place.

C'est là, sur un banc, situé devant la

grille, qu'Alexandre Treutens, au retour de ses pérégrinations, venait faire des vers.

Ce poète populaire était plus pauvre que les plus pauvres. Il composait des poèmes vaguement humanitaires qu'il récitait aux terrassiers ou aux mariniers, dans les bistrots. Quelles obscures raisons avaient amené ce petit homme triste à délaisser son métier de cordonnier pour la poésie ? Il errait aux environs de Paris, et, quand il s'arrêtait dans une localité, il avait un tel souci de respecter l'autorité, qu'il subordonnait son inspiration au bon plaisir du maire de l'endroit. J'ai vu, de mes yeux vu, une pièce authentique délivrée par la mairie d'Enghien et donnant au nommé Alexandre Treutens la permission d'exercer *pendant un jour*, dans la commune d'Enghien, *la profession de poète ambulant*.

* *

Dans la rue La Fontaine, du côté gauche, il y a un long mur gris sombre. Une porte qu'on ne franchit pas sans difficultés donne accès dans une cour où quelques poules se promènent gravement.

A gauche en entrant, on a entassé de singulières choses qui sont, je crois, les cerceaux des anciennes crinolines.

Cette cour est encombrée de statues. Il y en a de toutes formes et de toutes grandeurs, en marbre ou en bronze.

Il paraît qu'il y a une œuvre de Rosso ; les grands cerfs de bronze du salon de 1911 ont été apportés là et se tiennent auprès de *la Fiancée du Lion*, œuvre bizarre inspirée par un passage de Chamisso :

Parée de myrtes et de roses, la fille du gardien, avant de suivre au loin et contre son cœur l'époux qui la réclame, vient faire ses adieux à son royal ami d'enfance et lui donner le dernier baiser. Fou de douleur, le lion l'anéantit dans la poussière, puis se couche sur le cadavre attendant la balle qui va le frapper au cœur.

Le bâtiment de droite est une sorte de musée inconnu où l'on voit un grand tableau de Philippe de Champaigne, un Le Nain : *Saint Jacques*, beau tableau qui serait bien au Louvre, et un grand nombre de tableaux modernes.

Quelques salles sont pleines des christs que l'on a enlevés au Palais de Justice.

Celui d'Élie Delaunay mériterait qu'on l'exposât au Petit-Palais. La profusion de ces christs a quelque chose de touchant. On dirait d'un congrès de crucifiés. C'est qu'ils subissent en commun leur exil administratif.

Il me semble qu'au lieu de les abandonner ainsi on ferait mieux de les donner à des églises pauvres.

Ce musée fait partie d'une grande cité mystérieuse composée de l'ancien *Hôtel des Haricots*, derrière lequel se trouve la forêt de réverbères. Il y a aussi la *Salle des tirages* de la Ville de Paris, et, plus loin, dans une plaine immense, s'élèvent des pyramides de pavés. On les défait sans cesse et on les refait et parfois une de ces pyramides s'écroule, avec le bruit des galets quand la vague se retire.

*
* *

Séparée de cette cité édilitaire par la rue de Boulainvilliers, une usine à gaz occupe, avec ses gazomètres, ses différentes constructions, ses montagnes de charbon, ses crassiers, ses petits jardins potagers, un terrain qui s'étend jusqu'à la rue du Ranelagh, à l'endroit où elle est une des plus désertes de l'univers. C'est là qu'habite M. Pierre Mac Orlan, cet auteur gai dont l'imagination est pleine de cow-boys et de soldats de la Légion étrangère. La maison où 'il demeure n'a rien de remarquable à l'extérieur. Mais quand on entre, c'est un dédale de couloirs, d'escaliers, de cours, de balcons où l'on se retrouve à grand'peine. La porte de M. Pierre Mac Orlan donne au fond du couloir le plus sombre de l'immeuble. L'appartement est meublé avec une riche simplicité. Beaucoup de livres, mais bien choisis. Un policeman en laine rembourrée varie ses attitudes et change de place selon l'humeur du maître de la maison. Au-dessus de la cheminée de la pièce principale se trouve une toute petite caricature de moi-même par Picasso. De grandes fenêtres s'ouvrent sur un mur situé à trois mètres environ, et, si l'on se penche un peu, on voit, à gauche, les gazomètres dont l'altitude n'est jamais la

même, et, à droite, la voie du chemin de
fer. La nuit, six cheminées gigantesques
de l'usine à gaz flambent merveilleuse-
ment : couleur de lune, couleur de
sang, flammes vertes ou flammes bleues.
O Pierre Mac Orlan, Baudelaire eût aimé
le singulier paysage minéral que vous
avez découvert à Auteuil, quartier des
jardins !

★
★ ★

Si M. Riciotto Canudo n'avait démé-
nagé d'Auteuil, pour aller fonder *Mont-
joie* dans le centre de Paris, une légende
se serait formée à Auteuil à propos de la
chambre qu'il habitait dans un hôtel situé
à l'angle de la rue Raynouard et de la rue
Boulainvilliers. Je n'ai jamais vu cette
chambre, mais beaucoup d'habitants
d'Auteuil ont eu l'occasion d'y regarder
et il n'était jadis question que de cela dans
les cafés du quartier, en autobus et dans
le métro. Ce qui étonnait les habitants
d'Auteuil, c'est que M. Canudo, qui habitait le même hôtel, n'y logeait point en
garni. Il paraît qu'en effet il était dans
ses meubles, c'est-à-dire un petit lit, une

table, une chaise et une étagère suppor-
tant des livres. Le lit, disait-on, était fort
étroit et j'ai entendu un habitant d'Auteuil
dire en parlant d'une femme maigre :
« Elle ressemble au lit de M. Canudo. »

On disait aussi que les rideaux de cette
chambre étaient toujours tirés et que nuit
et jour il y brûlait un grand nombre de
bougies. Si bien que l'on prenait M. Canudo pour le grand prêtre d'une religion
nouvelle dont il accomplissait les rites
dans sa chambre. Quelques feuilles de
lierre répandues çà et là donnaient lieu
à des suppositions singulières, et celle
qui rencontrait le plus de crédit était que
M. Canudo se servait du lierre dans des
opérations magiques dont on n'avait pas
encore deviné le but.

Et c'est ainsi qu'à Auteuil les bonnes
gens voyageaient agréablement et curieu-
sement autour de la chambre de M. Canudo.

*
* *

Mais descendons vers la Seine. C'est
un fleuve adorable. On ne se lasse point
de le regarder. Je l'ai chantée bien sou-

vent en ses aspects diurnes et nocturnes. Après le pont Mirabeau la promenade n'attire que les poètes, les gens du quartier et les ouvriers endimanchés.

Peu de Parisiens connaissent le nouveau quai d'Auteuil. En 1909 il n'existait pas encore. Les berges aux bouges crapuleux qu'aimait Jean Lorrain ont disparu. « Grand Neptune », « Petit Neptune », guinguettes du bord de l'eau, qu'êtes-vous devenus? Le quai s'est élevé à la hauteur du premier étage. Les rez-de-chaussée sont enterrés et l'on entre maintenant par les fenêtres.

Mais le coin le plus mélancolique d'Auteuil se trouve entre le Port-Louis et l'avenue de Versailles. Théophile Gautier habita au rond-point de Boulainvilliers, mais sans doute n'y avait-il pas alors à cet endroit tant de ferraille qu'aujourd'hui et le Port-Louis n'existait point avec sa flottille de bélandres bariolées de couleurs vives. Sur le pont sont rangés des pots de géraniums, de fuchsias; dans des caisses poussent des arbres verts autour d'un petit cercueil d'enfant. Et quand le soleil brille, le petit cercueil des bélandres n'est pas du tout lugubre.

LA LIBRAIRIE DE M. LEHEC

M. Lehec, le libraire, aimait ses livres au point de ne pouvoir les vendre qu'aux rares personnes qu'il jugeait dignes de les acquérir.

Du temps où il avait sa librairie rue Saint-André-des-Arts, j'allais souvent causer avec lui dans sa boutique. Depuis il a cédé son fonds de bons livres et, devenu presque aveugle, le libraire de Victorien Sardou et de M. Anatole France se tient à l'écart. Nul ne peut désormais recourir à son érudition obligeante.

*\
* *

Un jour, qu'un groupe d'étudiants passait rue Saint-André-des-Arts en chantant la chanson du *Père Dupanloup*, si libre qu'on ne peut la citer, M. Lehec m'apprit les relations qui avaient existé entre le grand prélat qui illustra de façon licite le nom de Dupanloup et les deux plus illustres éditeurs d'ouvrages libres et satiriques : les savants Isidore Liseux et Alcide Bonneau.

Je ne sais si la fameuse chanson du *Père Dupanloup* a été imprimée, mais presque tout le monde la connaît. Elle inspira à M. Jules Marry, qui n'est point le romancier populaire, un excellent recueil satirique intitulé : *Les exploits de M. Dupanloup*, plaquette de vers déjà rare ou destinée à le devenir. L'auteur dit dans un avant-propos :

« La chanson française, railleuse ou grivoise, qui n'épargne ni les guerriers, ni les gens d'église, a transformé ce prélat en une sorte de Priape ou de Kharagheuz chrétien, et, en lui prêtant les plus invraisemblables vertus génétiques, l'a fait entrer, vivant, dans la légende. L'origine de la chanson du *Père Dupanloup* remonte probablement aux dernières années du règne de Louis-Philippe.

« Monsieur Dupanloup (*de pavone lupus*), qu'on rencontre tour à tour, en ballon, en chemin de fer, à l'Institut, à l'Opéra, et par un naïf anachronisme, au passage de la Bérésina, est honoré d'un véritable culte érotique et patriotique par nos troupiers qui, depuis un demi-siècle, ne cessent de chanter ses exploits pour bercer la longueur des marches et la fatigue des manœuvres. »

Bizarre résultat des préoccupations pédagogiques de Mgr Dupanloup !

Mais ce prélat qui, au demeurant, était un saint homme, dut avoir une force peccante dont on ne pourrait peut-être pas citer d'autre exemple. Car il eut comme élèves au petit séminaire, Isidore Liseux et Alcide Bonneau, desquels l'activité et l'érudition s'exercèrent le plus souvent dans le domaine littéraire, que la singulière renommée de leur maître devait élargir de la façon la plus imprévue.

M. Lehec avait connu Liseux et Bonneau. J'ai recueilli ses propos parce qu'ils se rapportaient à des hommes sur lesquels il semble qu'on n'ait presque rien écrit et qui méritent de fixer un instant l'attention.

Les publications de Liseux sont de plus en plus recherchées parce qu'elles sont correctes, belles et rares. Bonneau fut le principal collaborateur de Liseux, qu'il

avait connu au petit séminaire. Ces deux
élèves de Mgr Dupanloup étaient l'un et
l'autre la modestie même. Leurs styles,
extrêmement précis, se ressemblent. Liseux, peu bavard, était, m'a-t-on dit,
lorsqu'il ouvrait la bouche, plein d'esprit
et du plus mordant.

Au moment du boulangisme, quelqu'un
vint acheter, chez Liseux, de la part du
fameux général, je ne sais quel ouvrage
d'ethnologie orientale qui était sur le point
de paraître. Liseux s'excusa et demanda
où il faudrait envoyer le livre lorsqu'il aurait paru. On lui donna l'adresse du général, en ajoutant après le nom de Bou-
langer : « Le premier de son nom de qui
on ait parlé ; ainsi fut Bonaparte. »

Et Liseux répliqua vivement :

« Pardon, un Bonaparte assistait au
siège de Rome, en 1527. »

Un jour, il vit, sur le quai, un ouvrage
très rare et qui lui aurait été utile, mais
il n'avait pas sur lui l'argent que coûtait le
livre. Vite, il alla engager sa montre au
Mont-de-Piété. Mais, lorsqu'il revint, l'ouvrage était vendu. Liseux s'en alla dépité.
Il racontait parfois cette histoire, ajoutant :

« Je n'ai jamais dégagé la montre. C'était un mauvais oignon qui ne m'a pas donné de tulipe. »

Une autre fois, il entra dans la boutique d'un brocanteur pour acheter un in-folio. Mais, le prix en étant trop élevé, il marchanda longtemps, si longtemps que le brocanteur lui dit :

« Vous marchandez trop et cependant je n'étrangle pas les clients. Je rabats autant que je peux. Il faut que tout le monde soit content. Je ne suis pas un mauvais diable ! »

« En ce cas, dit Liseux, je vous vends mon âme contre votre livre. »

Mais il finit par payer le volume avec une monnaie ayant cours.

Son imprimeur Motteroz le poursuivait parce qu'il lui devait de l'argent :

« Motteroz se fâche tout rouge, disait Liseux, c'est la folie des grandeurs ; voilà qu'il voudrait se faire passer pour le Cardinal. »

Un auteur lui proposait un manuscrit dont il ne voulut point.

« Les Estienne ou les Elzevier eussent-ils imprimé votre livre ? demanda Liseux... Non ! n'est-ce pas ?... Au revoir, Monsieur. »

Une dame vint lui offrir un ouvrage de sa façon sur la Hollande : « On dirait aussitôt que ce sont les Pays-Bas bleus, dit en souriant Liseux. Et vous n'y pensez pas, Madame, votre livre aurait l'air d'une supercherie. »

On lui demandait quelles étaient ses opinions politiques :

« Je suis républicain, répondit-il, mais de la république des lettres. »

Deux bibliophiles s'étaient attardés dans sa boutique, tandis qu'il traduisait un ouvrage anglais, et ils le dérangeaient fort par leur bavardage. Ils en vinrent à parler de la guerre de 70 et de la trahison de Bazaine.

« Messieurs, leur dit Liseux, on ne parle pas de corde dans la maison d'un pendu, ni d'un traître dans celle d'un traducteur. »

Et interloqués, ils s'en allèrent.

Un amateur voulait un rabais sur les ouvrages que publiait Liseux, prétextant qu'il était un de ses amis.

« En ce cas, répondit l'éditeur, prenez

les livres, puisque j'ai fait imprimer sur les couvertures: *Pour Isidore Liseux et ses amis.* »

Et l'amateur emporta les livres sans rien payer.

Il parlait de la science avec attendrissement comme si elle eût été une personne de ses amies :

« Elle n'est ni sévère, disait-il, ni repoussante, pensez donc, son corps, c'est la nature, sa tête, c'est l'intelligence, et sa parure, ce sont les livres. Bonneau la connaît encore mieux que moi. Il pourrait vous dire de quelle couleur sont ses yeux, quelle teinte a sa chevelure. C'est qu'il ne la quitte jamais, et moi, je dois la négliger parfois pour m'occuper de commerce. »

Comme il avait l'intention de publier la traduction de quelques nouvelles du conteur napolitain Basile, on lui indiqua, pour ce travail, un savant au nom fortement germanique et qui tenait à signer sa traduction :

« J'aimerais mieux qu'il s'appelât Pulcinella, répartit Liseux, ou, au moins Polichinelle. »

Et il renonça à son projet.

Au temps où sa boutique était située dans le passage Choiseul, Liseux avait à son service un commis et une bonne qui étaient le frère et la sœur. Celle-ci avait un bon ami qui est devenu garçon à la Bibliothèque Nationale et qui est employé dans le département où sont conservées la plupart des publications de Liseux:

« J'ai toujours eu l'impression, m'a dit cet homme, que je ne venais qu'en second et qu'elle couchait avec son patron... Le frère, qui était mon meilleur ami, était surveillé de près par M. Liseux, qui ne voulait pas qu'il rentrât se coucher après dix heures. »

Au demeurant, Liseux était, paraît-il, bon et indulgent. Mauvais comptable, il était fort endetté et ses éditions lui revenaient très cher. Il devait à son imprimeur, il devait au marchand de papier. Son fonds fut dispersé de façon très désavantageuse pour lui, et cet homme, qui avait édité des livres qui comptent parmi les plus beaux de l'époque, mourut dans une misère complète.

« Alors que, dit M. Octave Uzanne, dans le catalogue de sa vente qui eut lieu en

mars 1894, Jouaust mourait repu et en-
voûté dans la juste réprobation des amateurs lésés par le solde extravagant de
ses éditions, lui, le cher honnête homme,
mourait de froid, ou qui sait ? peut-être
de dégoût et de lassitude, avec dix-neuf
sous pour toute fortune dans sa poche ! »

Les papiers de Liseux ont passé, paraît-il, entre les mains d'un libraire belge
nommé Van Combrugghe.

Les détails que j'ai pu recueillir sur
l'existence de Bonneau sont trop peu
intéressants pour que je les donne ici. Il
fut un des collaborateurs les plus discrets
et les plus savants de la librairie Larousse
et mena une vie modeste et retirée. Plusieurs personnes se souviennent encore
de l'avoir rencontré à la Bibliothèque
Nationale où il allait très souvent et où
les tracasseries ne lui furent point ména-
gées.

Je ne sais s'il l'inventa, mais il est un
des premiers à avoir employé pour la
traduction des vers le système de la version juxtalinéaire et littérale qui devait
exercer une influence si profonde sur la
poésie française.

*
* *

C'est dans la boutique de M. Lehec que j'ai acheté le *Virgilius Nauticus* de M. Jal. Il en avait plusieurs exemplaires.

On s'est amusé à signaler quelques-unes des sources où M. Anatole France a puisé l'inspiration.

Cependant, on n'a pas encore mentionné le nom du savant, M. Jal, qui n'est pas un inconnu, car Littré l'a toujours cité à propos des termes de marine. Il est encore l'auteur du *Virgilius Nauticus* que M. Anatole France attribue à son « Monsieur Bergeret ».

Virgilius Nauticus. Examen des passages de l'Eneïde qui ont trait à la marine, par M. Jal, historiographe de la Marine, auteur de l'archéologie navale... *Paris, Imprimerie Royale, MDCCCXLIII,* tel est le titre d'un ouvrage que devait illustrer l'imagination du plus érudit des romanciers contemporains. C'est un in-8° de 107 pages.

M. Jal, qui constatait avec admiration l'étendue des connaissances nautiques de

Virgile, était, au moins en ce qui concerne la marine, un ennemi de Rabelais, et consacra plusieurs pages de son *Archéologie navale* aux navigations de Pantagruel.

« Là j'ai montré, dit-il, en analysant le quatrième livre de l'immortel ouvrage du curé de Meudon, que le savant homme, savait tout peut-être, excepté ce qui touche à la marine ; que le navire, la navigation, et même le vocabulaire des mariniers lui étaient restés à peu près inconnus, et que s'il rencontra juste quelquefois dans l'explication des termes usités sur les nefs du xvie siècle, ce fut certainement par hasard. »

Au contraire, lorsqu'il examine, au point de vue technique, ce qui a trait à la marine dans l'*Eneïde*, M. Jal arrive à une conclusion opposée.

Après nous avoir montré Virgile, tout jeune encore, étudiant les mathématiques à Naples et à Milan, il nous le fait voir passant dix-huit ans à Naples, en Sicile, dans la Campanie.

« Pendant ces dix-huit années, il eut presque toujours sous les yeux, ou la

flotte militaire stationnée au port de Mi-
sène, ou les riches convois qui appor-
taient les trésors de la Grèce et de
l'Égypte à Panorme, Messine, Mégare,
Syracuse et Parthénope, ou les barques
de plaisance appartenant aux riches volup-
tueux dont les gracieuses habitations, bâties autour du *Crater*, se miraient aux
eaux calmes de cette baie magnifique. »

Plus loin, M. Jal s'attarde dans cette
baie : « Sillonnée par mille embarcations
cherchant l'une l'autre à se primer de vi-
tesse, et montrant avec orgueil, celle-ci
sa proue argentée ou dorée, celle-là sa
poupe surmontée d'un aphlaste recourbé
en panache, quelques-unes l'élégant *che-
nisque* au-dessus de la tutelle, d'autres,
leurs rames couvertes de nacre ou de
bandes d'un métal précieux, la plupart
un gréement de laine aux couleurs variées,
et presque toutes les voiles de pourpre ou
du lin le plus blanc, sur lequel on a représenté des sujets érotiques, et inscrit,
avec le nom du propriétaire de la barque,
quelque maxime empruntée à une philo-
sophie sensuelle. »

Et M. Jal traite sans ménagement les

commentateurs et les [traducteurs de Virgile qui n'ont point tenu compte de la sa-
vante exactitude du poète. Ascensius n'a
pas trouvé d'explication ingénieuse du mot
puppes; « le Père de La Rue ne se doute
pas de la raison qui a fait opposer les
proues aux poupes » ; Annibal Caro a
substitué les vaisseaux aux proues ; Gre-
gorio Hernandez de Velasco traite Virgile très cavalièrement ; João Franco Bar-
reto est plus scrupuleux, mais pas beaucoup plus ; Dryden prend les proues et
les poupes pour les navires eux-mêmes ;
la traduction allemande de John Voss
laisse autant à désirer que la version an-
glaise de Dryden ; Delille, le plus estimé
des traducteurs français, pas plus que ses
rivaux étrangers, n'a intimement compris
le texte de son auteur.

A propos des termes nautiques de Virgile, le savant M. Jal va jusqu'à citer des
mots du langage des *Malays*, des Made-
kasses, des Nouveaux-Zélandais. Il fait
encore de pittoresques rapprochements
quand il en vient à examiner le *triplici
versu :*

« Il exprime, à mon avis, un chant

trois fois répété, un cri, un hourra! une
espèce de *celeusma* dont la tradition est
vivante encore dans les bâtiments où pour
tous les travaux de force, et, par exemple,
quand on hale les boulines, un matelot,
le véritable *hortator* des anciens navires,
chante : *Ouane, tou, tri !* hourra ! (one,
two, three ! hourra ! — angl.). La tradition antique était pleine de force au moyen
âge, à Venise, où la chiourme du *Bucen-
taure*, toutes les fois que le navire ducal
passait devant la chapelle de la Vierge,
construite à l'entrée de l'Arsenal, criait
trois fois : *Ah ! Ah ! Ah !* donnant un
coup de rame après chacune de ces accla-
mations. »

La conclusion de M. Jal est sans doute
différente de celle que M. Bergeret, notre
contemporain, eût mise à son fameux ouvrage :

« La marine actuelle touche de bien
près à la marine d'autrefois, c'est pour
moi un fait de la plus grande évidence.
Voilà pourquoi je pense que tout homme
qui s'occupe de la marine moderne doit
s'enquérir de tout ce que furent les ma-
rines anciennes ; voilà pourquoi je pense

aussi que Virgile étant, sur la question de la marine antique, l'écrivain qu'on peut consulter avec le plus de fruit, il était nécessaire de démontrer sa compétence et de la prouver, en rendant à ses vers toute la valeur didactique dont les avaient dépouillés des interprètes, fort savants d'ailleurs, mais qui ne comprenaient pas la langue spéciale que parlait le poète marin. »

M. Anatole France a peut-être acquis un exemplaire du *Virgilius Nauticus* chez M. Lehec, dans la boutique duquel il passait parfois une heure. Un jour, par hasard, je l'entendis faire l'éloge de l'abbé Delille.

« Delille n'a qu'un défaut, disait à peu près M. Anatole France, c'est de n'être point lu. »

Et comme il en sait par cœur de longues tirades, il les récita.

Peut-être n'a-t-il pas retenu en aussi grand nombre les vers de son maître Leconte de Lisle.

Mais n'y a-t-il pas une certaine parenté entre ces deux poètes ?

Ayant entendu quelqu'un faire un rapprochement entre Leconte de Lisle et l'abbé Delille, je rapportai, dans un article, une opinion qui me paraissait pour le moins singulière. Je viens de la retrouver tout au long et à deux reprises sous la plume de Louis Veuillot : « Tous ces oripeaux descriptifs, ces tintamarres de couleur et de lumière, ne sont que le déguisement du vieil abbé Delille. Seulement, sous le fatras de ses périphrases, Jacques Delille marchait d'un pas leste. L'épagneul de salon dont les jolies petites pattes couraient sans broncher à travers les porcelaines, et secouaient par moments de jolies petites perles fausses, est devenu un éléphant chargé d'une tour de guerre pleine de soldats farouches et surtout bariolés. Il simule bien la marche pesante, toutefois la terre ne tremble pas. »

Et quelques jours après, Veuillot ajoutait :

« Il décrit à outrance. Nous avons rappelé l'autre Delille, son quasi homonyme et qui semblait son contraire. En vérité, de l'un à l'autre il n'y a pas si loin qu'il semble, et ces extrêmes se touchent. Tous deux font leur principale affaire de dé-

crire, parce que le don d'imaginer, le don
de sentir et peut-être le don de penser
leur manquent. Ils n'ont que l'œil extérieur, que l'écorce de la poésie ; la sève
et la source leur sont inconnues. L'ancien
Delille, qui se contentait d'être philosophe, et qui se piquait d'être correct,
serait aujourd'hui libre-penseur irrégu-
lier et peut-être pédant. Il écrirait Kaïn
par un K, et ferait facilement du kaïnite
et du khaldaïque. Le jeune de Lisle, — il
y a quinze lustres —, eût décrit les *jardins*, l'*imagination*, la *lecture*, le *café*,
les *échecs*, et n'eût su peindre Iris et les
rochers qu'en bleu tendre. C'est le même
homme ignorant de l'homme, s'exerçant
au même jeu puéril avec la même dexté-
rité. Seulement l'un est né sous Voltaire
et l'autre sous Victor Hugo.

« S'il faut marquer une différence, peut-
être que la part d'imagination de l'ancien
Delille ne fut pas la plus restreinte. Autant que nous en pouvons juger à la dis-
tance où nous sommes de ses œuvres et
de son temps, l'abbé Jacques puisait
moins dans le fond public. Les descrip-
tions de M. Leconte de Lisle sont bour-

rées de réminiscences plastiques fournies par l'architecture, la statuaire, la peinture et le dessin, à qui d'ailleurs toute notre poésie matérialiste emprunte considérablement, surtout dans les vastes et abondants domaines de leurs caprices. »

Je ne suis pas éloigné de penser, au demeurant, que l'art de l'abbé Delille n'ait exercé une véritable influence sur les Parnassiens.

Ils ne se réclamaient pas de lui parce qu'il était alors un poète trop décrié et que, sans doute, au Parnasse Choiseul, il fallait parler de Leconte de Lisle et non pas de Jacques Delille.

M. Anatole France se rattrapait dans la boutique de la rue Saint-André-des-Arts.

La librairie existe toujours, son aspect n'a pas changé, elle est tenue maintenant par un autre libraire qui connaît bien son métier, mais n'a pas pour les livres ce respect superstitieux que leur marquait M. Lehec.

1, RUE BOURBON-LE-CHATEAU

Dans cette vieille maison, deux femmes furent assassinées le 23 décembre 1850. L'une était Mlle Ribault, dessinatrice au *Petit Courrier des Dames* que dirigeait M. Thiéry. Avant de mourir, trempant son doigt dans son sang, elle eut la force d'écrire sur un paravent : « L'assassin, c'est le commis de M. Thi ». Laforcade, le commis, fut arrêté quelques heures après son crime.

De notre temps, cette maison se signale d'une autre façon à l'attention des curieux.

C'est là qu'habite M. André Mary, le poète bourguignon auquel M. Fernand Fleuret a dédié sa Macaronée satirique, *Falourdin*, destinée à stigmatiser la presse contemporaine.

Au commencement de son poème

TRACT 2.   4

M. Fernand Fleuret a chanté la vieille maison de la rue Bourbon-le-Château :

Si tu translates, voire, un Boëce chanci
Dans ta sombre maison du carrefour Buci
Que peuplent des bouquins et des pots de la Chine...

L'auteur de *Falourdin* auquel on ne peut reprocher qu'un peu d'archaïsme, si toutefois un si rare défaut prête au reproche, est aujourd'hui, où ils sont rares, un des meilleurs versificateurs français, et comme il est vraiment poète, ses productions méritent de passer aux âges qui viendront...

M. Fernand Fleuret est Normand. Une fois, au cours d'un banquet où l'on célébrait le millénaire de la Normandie, un Norvégien gigantesque, qui se trouvait près de lui, le regarda avec condescendance et déclara :

« Vous, petit Viking ; moi, grand Viking. »

Le petit Viking, d'après l'observation d'un autre poète normand, a l'air d'un archer de la tapisserie de Bayeux.

Son penchant décidé vers la mystification le poussa un jour, alors qu'il allait encore au collège, à faire croire à la cuisinière de ses parents qu'un certain fourreau qui emprunta jadis son nom à la paisible ville de Condom était une bourse de nouvelle sorte et fort commode pour les gros sous. A la boucherie, ce fut un éclat de rire qui se propagea dans toute la ville. La cuisinière se plaignit vivement, ne cachant point le nom de celui qui l'avait trompée. Et depuis ce jour, les dévotes regardèrent M. Fernand Fleuret d'un mauvais œil.

Quand il voulut publier cette supercherie littéraire très supérieure à celle de Mérimée : *le Carquois du sieur Louvigné du Dézert*, M. Fernand Fleuret se fit appuyer auprès d'un éditeur qui demeure à côté de l'Odéon.

L'éditeur sourit à mon Fleuret, tâte le manuscrit, l'ouvre et le premier mot qui lui tombe sous les yeux, c'est celui dont les typographes firent une si belle coquille un jour que, dans un journal, il était question des fouilles de Mme Dieulafoy.

« Fouilles, Monsieur, s'écria l'éditeur en refermant le manuscrit, Monsieur... Sortez, Monsieur. »

*
* *

Dans la *sombre maison du carrefour Buci* habite encore M. Maurice Cremnitz, qui piqua fort la curiosité en publiant sous les initiales M. C., dans *Vers et Prose*, un poème excellent intitulé *Anniversaire* et qui fut composé à la mémoire de Jean Moréas.

M. Maurice Cremnitz est un poète qui depuis longtemps déjà ne montre plus volontiers ses ouvrages. C'est un homme aimable qui se soucie peu de la gloire. Les poètes, ses amis, ont une grande confiance dans l'intégrité de son goût, et, si ses décisions ne sont point des arrêts, elles emportent généralement le suffrage de celui qui les fait naître et qui s'y range. Cette autorité, qu'il exerce avec une grande discrétion et dans un tout petit cercle, lui donne ainsi dans les lettres contemporaines un rôle inattendu qu'il ne recherchait point et qui est plein de responsabilités.

Chaque année, en temps de paix, M. Maurice Cremnitz, qui aime la marche, parcourait à pied une région qu'il ne connaissait pas encore. Il ne s'embarrassait pas de bagages ; une bonne canne à la main, il voyageait, s'arrêtant quand il le voulait, sans se préoccuper des horaires.

Une fois, c'était près de Montereau, deux gendarmes l'arrêtèrent sur la route et lui demandèrent ses papiers.

M. Maurice Cremnitz se fouilla et ne trouva sur lui qu'une carte d'entrée à la Bibliothèque Nationale. Les gendarmes l'examinèrent et l'un d'eux :

« Alors, c'est là que vous travaillez ?... » Sur la réponse affirmative de M. Cremnitz il ajouta : « Vos patrons doivent bien mal vous payer puisque vous ne pouvez pas même prendre le chemin de fer. »

M. Maurice Cremnitz que connaissent peu les nouvelles générations mais que n'ont pas oublié André Gide ni Paul Fargue, s'engagea au début de la guerre.

Je le rencontrai à Nice dans son uniforme de fantassin.

Cremnitz vivait la vie des dépôts d'infanterie. Nous nous vîmes dans un café durant quelques minutes et, fantassin, il trouva qu'artilleur j'étais mieux vêtu que lui. J'en avais presque honte et quand je le quittai, je sortis à reculons afin que l'éclat des éperons ne désolât point ce gentil et vaillant garçon.

J'ai rencontré quelques autres littérateurs soldats au cours de mon instruction militaire, soit à Nice soit à Nîmes. J'ai revu le dramaturge Auguste Achaume, caporal dans un régiment de territoriaux. Il avait bonne figure sous la capote et, cantonné dans un skating, couchait sur l'estrade de l'orchestre ; il couche à présent sous la tente. Dans le dépôt d'artillerie où j'achevais mes « classes », mon lit était près de celui d'un brigadier poète, René Berthier, qui fit partie à Toulon du groupe littéraire des *Facettes*. J'ai lu de ses poèmes et, à mon avis, il est un des meilleurs poètes de sa génération. Il est maintenant sous-lieutenant d'artillerie. Ce poète est encore un savant de premier ordre dont les inventions utiles à l'humanité ne se comptent plus.

J'ai rencontré encore à Nîmes, Léo Larguier, qui eut plusieurs fois l'occasion de fréquenter la maison du 1, rue Bourbon-le-Château, et qui a publié sur la guerre un beau livre de littérateur : *Les Heures déchirées*.

Le premier dimanche de mars, en 1915, je déjeunais au petit restaurant de *la Grille*, quand un caporal de la ligne se leva de table et m'aborda en me récitant une strophe de *la Chanson du Mal-aimé*.

Je fus interloqué. Un deuxième canonnier-conducteur n'est pas habitué à ce qu'on lui récite ses propres vers. Je le regardai sans le reconnaître. Il était de haute taille, et, de figure, ressemblait à un Victor Hugo sans barbe et plus encore à un Balzac. « Je suis Léo Larguier, me dit-il alors. Bonjour, Guillaume Apollinaire. » Et nous ne nous quittâmes que le soir à l'heure de la rentrée au quartier. Ce jour-là et les jours suivants nous ne parlâmes pas de la guerre, car les soldats n'en parlent jamais, mais de la flore nîmoise dont, en dépit de Moréas, le jasmin ne fait pas partie. Quelquefois, l'aimable M. Bertin, secrétaire général de la préfecture, nous apportait l'agrément de sa conversation enjouée et d'une érudition spirituelle. La voix terrible de Léo Larguier dominait le colloque et j'en entends encore les éclats quand il nous disait le nom d'un homme de sa compagnie: « Ferragute Cypriaque. »

Un dimanche, Larguier nous emmena, M. Bertin et moi, chez un de ses amis, le peintre Sainturier, dont les dessins ont la pureté de ceux de Despiau. Sainturier vit en ermite, il est inconnu et se complaît dans son obscurité ensoleillée du Midi. Très jeune d'aspect, bien qu'ayant passé l'âge de servir, il est robuste et travaille beaucoup et, outre ses productions, qui sont personnelles, on voit dans sa demeure des trésors artistiques que je ne soupçonnais point.

C'est là que j'ai vu un extraordinaire portrait de Stendhal qui le représente à mi-corps et vu de face. Le visage est calme et pétillant de malice contenue. C'est chez le peintre Sainturier, que je vis pour la première fois Alfred de Musset. Ses autres portraits paraissent factices quand on a vu celui-là qui est peint par Ricard. Musset est de profil. Larguier n'en revenait pas et Sainturier promit de lui en faire une copie après la guerre. Il y a là, de Ricard aussi, un beau portrait de Ma-

net. Mais nous vîmes, encore chez Sainturier, un Van Dyck : *Charles Ier enfant*,
plusieurs portraits et miniatures d'Isabey,
un Greco, des esquisses de Boucher, un
merveilleux Latour, deux Hubert Robert,
des Monticelli, une petite nature morte
de Cézanne, etc., etc.

Le lendemain, je ne revis plus Larguier. Il était parti pour un camp d'instruction d'où il alla sur le front comme
caporal brancardier. Nous fûmes près l'un
de l'autre à la bataille de Champagne,
mais nous ne pûmes nous joindre. Il y fut
blessé et nous ne nous rencontrâmes que
durant une de ses permissions, justement
devant le n° 1 de la rue Bourbon-le-Château, cette « sombre maison » chantée
par M. Fernand Fleuret.

LES NOELS

DE LA RUE DE BUCI

Avant la guerre, c'était la nuit du 24 au 25 décembre qu'il fallait aller voir la rue de Buci, si chère aux poètes de ma génération. Une fois, dans un caveau voisin, nous réveillonnâmes, André Salmon, Maurice Cremnitz, René Dalize et moi. Nous entendîmes chanter des Noëls. J'en sténographiai les paroles. Il y en avait de différentes régions de la France.

Les Noëls ne sont-ils point parmi les plus curieux monuments de notre poésie religieuse et populaire ? Ce sont, en tout cas, les ouvrages qui reflètent peut-être le mieux l'âme et les mœurs de la province dont ils viennent. Le premier que je notai dans ce caveau de la rue de Buci était chanté par un garçon coiffeur, né à Bourg en Bresse.

Les noëls bressans ne sont certes pas des noëls de temps de guerre.

Les énumérations rabelaisiennes de victuailles y contrastent avec les restrictions de l'époque dépouillée où nous vivons.

Dès que la ville de Bourg — En apprit la nouvelle, — On fit battre le tambour — Pour mettre tout par écuelles. — Les bécasses, les levrauts — Les cailles, les chapons gras — Furent pris chez Curnillon — Pour faire la bourdifaille — Furent pris chez Curnillon — Pour faire le réveillon.

Gog porta trois dindonneaux — Et farcit une belle oie, — Et d'une longe de veau — Il fit un bon ragoût ; — Sa femme fit du boudin — Et prit chez monsieur de Choin — Une grande bassine d'argent, — Pour y, pour y, pour y mettre — Une grande bassine d'argent — Pour y mettre son présent.

On alla vite appeler — L'hôte de la Bonne École — Qui porta des godiveaux — Et prit une belle andouille ; — Il mêla des fricandeaux — Avec des oreilles de veaux — Et porta trois barillets — De mou, de mou, de moutarde, — Et porta trois barillets — De moutarde de Dijon.

Quand l'hôte de Saint-François — Entendit qu'on faisait bruire — Les poêles et les lèchefrites — Dans le quartier de Tesnière, — Il fit faire à son valet — Une potringue de poulet —

Qu'on s'en léchait tout droit — Les ba, les ba, les babines — Qu'on s'en léchait tout droit — Les babines et les cinq doigts.

Dès que l'hôte de l'Écu — Vit qu'on partait au clair de lune, — Il mit pour quatre écus — De sucre dans la farine — Pour lui faire des gâteaux — Qui semblèrent des châteaux ; — ils sont meilleurs que le pain — Pour les, pour les, pour les dames ; — Ils sont meilleurs que le pain — Pour les dames et les enfants.

Neren mit dessus une planche — Du boudin blanc comme neige — Et douze langues de bœuf — Qui étaient noires comme pain ; — Et puis de son bon vin vieux — Que j'ai souvent bu, — Et boirai, s'il plaît à Dieu. — Jusqu'à, jusqu'à, jusqu'à Pâques, — Et boirai, s'il plaît à Dieu, — Plus qu'il ne veut m'en donner.

A nous deux, père Alexis, — Il nous faut faire une offrande — Et nous joindre cinq ou six — Pour toucher une sarabande ; — Avec notre gros bourdon — Nous chanterons tout de bon ; — Noël, Noël est venu — Nous ferons la bourdifaille — Noël, Noël est venu, — Nous ferons du brouet moulu.

Après ce noël de réveillon, en voici un autre plus gracieux qui a été entendu encore il y a quelques années aux environs de Saint-Quentin. J'en donne la version que j'ai notée rue de Buci.

Chantons, je vous prie, — Noël hautement — D'une voix jolie — En solennisant — De Marie

pucelle — La Conception — Sans originelle —
Maculation.

Cette jeune fille — Native elle était — De la
noble ville — Dite Nazareth, — de vertu remplie
— De corps gracieux — C'est la plus jolie — Qui
soit sous les cieux.

Elle allait au Temple ; — Pour Dieu supplier ;
— Le conseil s'assemble — Pour la marier ; —
La fille tant belle — N'y veut consentir, — Car
Vierge et pucelle — Veut vivre et mourir.

L'Ange leur commande — Qu'on fasse assem-
bler — Gens en une bande, — Tous à marier ;
— Et duquel la verge — Tantôt fleurira — A la
noble Vierge — Vrai mari fera.

Tantôt abondance — De gentils galants — La
vierge plaisante — S'en vont souhaitant ; — A la
noble fille — Chacun s'attendait, — Mais le plus
habile — Sa peine y perdait.

Joseph prit sa verge, — Pour s'y en venir : —
Combien qu'à la Vierge — N'eût mis son désir ;
— Car toute la vie — N'eut intention — Vouloir
ni envie — De conjonction.

Quand furent au Temple — Trétous assemblés,
— Étant tous ensemble — En troupe ordonnés, —
La verge plaisante — De Joseph fleurit, — Et au
même instant — Porta fleur et fruit.

En grande révérence — Joseph on retint, —
Qui par sa main blanche — Cette vierge print ; —
Puis après le prêtre, — Recteur de la loi, — Leur
a fait promettre — A tous deux la foi.

Baissant les oreilles — Ces gentils galants —
Tant que c'est merveille, — S'en vont murmurant

— Disant c'est dommage — Que ce père gris —
Ait en mariage — Cette vierge pris.

La nuit ensuivante, — Autour de minuit, —
La Vierge plaisante — En son livre lit, — Que le
Roi céleste — Prendrait nation — D'une puce-
lette — Sans corruption.

Tandis que Marie — Ainsi contemplait — Et
du tout ravie — Envers Dieu était, — Gabriel
archange — Vint subitement — Entrant dans sa
chambre — Tout visiblement.

D'une voix doucette — Gracieusement — Dit à
la fillette — En la saluant : — Dieu vous gard,
Marie, — Pleine de beauté, — Vous êtes l'Amie
— Du Dieu de bonté.

Dieu fait un mystère — En vous merveilleux,
— C'est que serez mère — Du roi glorieux ; —
Votre pucelage — Et virginité — Par divin ou-
vrage — Vous sera gardé.

A cette parole — La Vierge consent, — Le Fils
de Dieu vole, — En elle descend. — Bientôt fut
enceinte — Du prince des Rois, — Sans mal ni
complainte — Le porta neuf mois.

La noble besogne — Joseph pas n'entend. —
A peu qu'il n'en grogne, — S'en va murmurant ;
— Mais l'ange céleste — Lui dit, en dormant, —
Qu'il ne s'en déhaite, — Par Dieu est l'enfant.

Joseph et Marie — Tous deux Vierges sont, —
Qui par compagnie — En Bethléem vont. — Là
est accouchée — En pauvre déduit — La Vierge
sacrée — Autour de minuit.

Y fut consolée — des anges des cieux, Y fut vi-
sitée — Des Pasteurs joyeux, — Y fut révérée —

De trois nobles Rois, — Et fut rejetée — Des nobles bourgeois.

Or, prions Marie — Et Jésus, son fils, — Qu'après cette vie — Ayons Paradis — Et, notre voyage — Etant achevé, — Nous donne en partage — Le ciel azuré.

C'est à May-en-Multien que se chante encore sans doute ce Noël charmant dont voici un couplet :

Bergers qu'on s'assemble — Au signal donné — Pour aller ensemble — Saluer tourelourirette — Saluer louladerirette — Le roi nouveau né.

et aussi celui où

Saint Liphard alla prendre — La Dame du Chemin — A dessein de s'y rendre — tenant tous en leurs mains — Hautbois, Luths et Guitares — Pour faire des fanfares, — Trompettes et tambours — Pour jouer tout le jour.

Voici un Noël que j'ai entendu chanter rue de Buci. Je n'en connais point la provenance. En tout cas, il est bien champêtre et plein de saveur :

Refrain : Laissez paître vos bêtes, — Pastoureaux par monts par vaux, — Laissez paître vos bêtes — Et venez chanter Nau.

J'ai ouï chanter le rossignol — Qui chantait un chant si nouveau — Si haut, si beau, — Si raisonneau, — Il m'y rompait la tête, — Tant il

prêchait et caquetait, — Ai donc pris ma hou-
lette — Pour aller voir Nolet (*refrain*).

Je m'enquis au berger Nolet ; — As-tu ouï le
Rossignolet — Tant joliet — Qui gringottait —
Là-haut sur une épine ? — Ah oui ! dit-il, je l'ai
ouï, — J'en ai pris ma bucine — Et m'en suis
réjoui (*refrain*).

Nous dîmes tous une chanson, — Les autres
sont venus au son. — Or, sus, dansons. —
Prends Alizon ! — Je prendrai Guillemette, —
Margot prendra le gros Guillot. — Qui prendra
Péronnelle ? — Ce sera Talebot (*refrain*).

Ne dansons plus, nous tardons trop ; — Allons
tôt, courons le trot, — Viens-t'en bientôt. —
Attends, Guillot, — J'ai rompu ma courette, —
Il faut ramender mon sabot. — Or, tiens cette ai-
guillette, — Elle t'y servira trop (*refrain*).

Comment, Guillot, ne viens-tu pas ? — Eh oui,
j'y vais tout le doux pas, — Tu n'entends pas —
Trestout mon cas ; — J'ai aux talons les mules,
— C'est pourquoi je ne puis trotter ; — Prises
m'ont les froidures. — En allant estraquer (*refrain*).

Marche devant, pauvre Mulard, — et t'appuye
sur ton billart ; — Et toi, Coquard, — Vieux Lo-
riquart, — Tu dois avoir grand honte — De rechigner ainsi les dents, — Et dois n'en tenir
compte — Au moins devant les gens (*refrain*).

Nous courûmes de telle roideur, — Pour voir
Notre doux Rédempteur — Et créateur — Et for-
mateur ; — Il avait, Dieu le sache, — De dra-
peaux assez grand besoin ; — Il gisait dans la
crèche — Sur un petit de foin (*refrain*).

Sa mère avecque lui était — Un vieillard si lui éclairait — Point ne semblait — Au beau douillet — Il n'était pas son père — Je l'aperçus bien au museau — Ressemblait à la mère — Encor est-il plus beau (*refrain*).

Or, nous avions un grand paquet — De vivres pour faire un banquet ; — Mais le muguet — De Jean Huguet — Et une grande Levrière — Mirent le pot à découvert ; — Puis ce fut la bergère — Qui laissa l'huis ouvert (*refrain*).

Pas ne laissâmes de gaudir ; — Je lui donnai une brebis ; — Au petit fils — Une mauvis — Lui donna Péronnelle, — Et Margot lui donna de lait — Une petite écuelle — Couverte d'un volet (*refrain*).

Or, prions tous le Roi des Rois — Qu'il nous donne à tous bon Noël — Et bonne paix — De nos méfaits, — Ne veuille avoir mémoire — De nos péchés, nous pardonner, — A ceux du Purgatoire — Leurs péchés effacer (*refrain*).

Voici un Noël délicat et délicieux dont je regrette de n'avoir noté que ce passage :

Je me suis levé par un matinet — Que l'aube prenait son blanc mantelet. — Chantons Nolet, Nolet, Nolet, — Chantons Nolet encore.

Et ce Noël farci :

— Célébrons la naissance — Nostri salvatoris — Qui fait la complaisance — Dei sui patris. — Ce Sauveur tant aimable — In nocte media — Est né dans une étable — De Casta Maria.

Ce soir-là j'ai noté encore ce Noël d'une province que dévaste la guerre, la Champagne de La Fontaine et de Paul Fort :

Les filles de Cernay — Ne furent endormies. — Avecque beurre et lait — Aux champs ell's se sont mies, — Et celles de Taissy — Ont passé la chaussée — Après avoir ouï — Le bruit — Et le charmant débat — La, la ! — De cell's de Sillery.

Et pour en finir quelqu'un chanta un gracieux Noël d'enfant dont la date doit être récente. En voici un couplet :

Une petite abeille — Bourdonnant en frelon — s'approcha du poupon, — Lui disant à l'oreille — J'apporte du bonbon ; — Il est doux à merveille ; — Goûtez-en mon mignon.

On peut avoir cent impressions différentes de la vieille rue de Buci. Je les donne toutes pour celles que j'y ai éprouvées en entendant chanter ces Noëls, une nuit de réveillon, peu d'années avant la guerre.

DU « NAPO » A LA CHAMBRE

D'ERNEST LA JEUNESSE

Il m'arrive d'aller passer un moment à la fin de la journée à la terrasse du « Napo », dont les glaces sont réputées. Le Café Napolitain, sur les boulevards, eut naguère une grande vogue comme café littéraire. On y voit encore des gens de lettres et des gens de théâtre. Mais la grande époque littéraire, c'était avant la guerre, quand il était fréquenté par Jean Moréas, Catulle Mendès, les Silvain, et surtout par Ernest La Jeunesse qui y trônait au milieu de courtisans...

Ce n'est pas là que je connus l'auteur du *Boulevard*...

Un jour, en 1907, au moment de quitter le boulevard des Italiens pour reprendre la rue de Grammont, mon attention fut attirée par un morceau de papier blanc qui feuillolait devant moi.

Instinctivement, je saisis au vol ce que je prenais pour un prospectus. Mais au même instant, ayant levé les yeux, j'aperçus, au troisième étage de la maison près de laquelle je me trouvais, un personnage masqué qui se retira vivement en me criant : « Gardez bien ce papier, monsieur, je descends à l'instant pour le reprendre. »

J'attendis cinq ou six minutes, et ne voyant personne venir, j'entrai dans la maison et voulus remettre le morceau de papier au concierge, pour qu'il le remît au locataire du troisième, mais le concierge me répondit : « Vous vous trompez sans doute ; le troisième n'est pas habité. C'est un appartement de 12.000, et il est à louer. »

Sans manifester aucun étonnement, je fis semblant de relire une adresse sur le pli que j'avais apporté et alléguant une erreur de numéro, j'allais sortir en m'excusant, quand, au moment d'ouvrir la porte vitrée, je vis passer devant moi, en courant, mon masque qui se démasquait.

C'était un homme complètement rasé et blond, à ce qui me parut. Les petits événements qui venaient de se produire étaient d'une apparence si mystérieuse que je n'avais plus du tout envie de rendre le papier perdu. J'étais intrigué et inquiet à la fois. Je me retournai vers le concierge et lui demandai quelques renseignements sur l'appartement en question, disant que justement je cherchais à me loger et qu'il se pourrait bien, après tout, que je m'installasse sur le boulevard. Quelques instants plus tard, je visitais en compagnie du concierge les chambres vides du troisième étage, où je ne vis rien qui parût se rapporter à l'étrange affaire à laquelle je m'intéressais. Je partis vite, ayant hâte de regarder de près ce morceau de papier qui, j'en étais sûr, devait contenir un grave secret.

Dans la rue, je ne vis pas l'homme. Comme j'y comptais, ne me voyant plus, et s'étant rendu compte du haut de son troisième que je me dirigeais par la rue de Grammont, il devait l'avoir prise et présentement pensait courir après moi et finir par me rattraper.

Je rebroussai chemin, m'engageai dans la rue de Richelieu et gagnai le Palais-Royal où, dans une brasserie tranquille, je m'efforçai de déchiffrer le contenu du document inquiétant. J'y vis, tracés d'une main inexperte, les signes suivants : A. B. C. D. E. F. G. H. I. J. K. L. M. N. O. P. Q. S. T. U. V. W. X. Y. Z. Auprès de ces lettres majuscules, un dessin grossier figurait un homme, ayant au front deux jets de flamme à côté duquel le chiffre 1 était placé juste au-dessus du chiffre 5. J'étais en présence d'un rébus, mais je m'aperçus vite qu'il ne s'agissait nullement d'un de ces rébus insignifiants, que l'on trouve encore dans certains journaux, et que déchiffrent le soir, au café, les œdipes provinciaux. Le rébus, que j'avais devant les yeux, dénotait un art ancien. Celui qui l'avait composé était au courant de la symbolique populaire qui a donné naissance à ces rébus de Picardie, où les pamphlétaires du moyen âge figuraient par peintures ce qu'ils n'auraient pas osé dire ouvertement et que le peuple, ne sachant pas lire, ne pouvait connaître que par l'image. N'ayant plus, grâce à

l'instruction obligatoire, les mêmes raisons pour écarter les lettres et les chiffres,
le rédacteur de mon rébus s'en était ser-
vi, mêlant à l'art picard les procédés des
lettrés de la Renaissance où se marque
déjà une décadence du rébus. Je connus
ainsi qu'il ne s'agissait point, pour déchiffrer un tel rébus, de rechercher un
rapport exact de prononciation entre les
signes que je voyais et ce qu'ils expri-
maient. Bref, je remarquai que toutes les
lettres de l'alphabet avaient été inscrites
sur le papier, sauf l'R, que l'homme ayant
au front deux cornes de feu représentait
Moïse et que l'1 sur 5 indiquait suffisam-
ment, à cause de sa position à droite du
législateur hébraïque, qu'il était question
du premier livre du Pentateuque, et le
rébus se lisait évidemment de cette façon :
R n'est là, *genèse*, ce qui signifiait sans
aucun doute : Ernest La Jeunesse.

*
* *

Ainsi cette bizarre aventure aboutissait
au nom de l'auteur des *Nuits et Ennuis
de nos plus notoires Contemporains*, de

l'Imitation de notre maître Napoléon, de *Cinq ans chez les sauvages*, et de bien d'autres ouvrages pleins d'une verve subtile. Je résolus d'aller trouver chez lui Ernest La Jeunesse, et bien que nous ne nous fussions point encore rencontrés, il m'accueillit avec sympathie, dès le lendemain matin, dans l'hôtel où il habitait, hôtel sis au bout d'un lointain boulevard, près de la Bastille. Me voici chez ce nouvel auteur des *Nuits*, chez ce Musset qui n'est pas le poète de la jeunesse comme était l'autre, mais qui est La Jeunesse même.

Je le remarque à peine et le salue machinalement. Sa chambre retient toute mon attention. Le sol est encombré de livres à belles reliures, d'émaux, d'ouvrages en ivoire, en cristal de roche, en nacre, de boussoles, de faïences de Rhodes et de Damas, de bronzes chinois. A gauche de la porte, sur une table de bois blanc, se trouve une profusion de camées et d'intailles, de gemmes grecques archaïques, de scarabées étrusques, d'anneaux, de cachets, de statuettes africaines, de jouets, de netsukés, de toys de Chel-

sea, de coupes, de calices. Devant la table,
contre le mur de gauche, jusqu'au bout
de la chambre, se dresse une immense
montagne de livres, d'armes de toutes
sortes, anciennes et modernes, d'objets
d'équipement militaire, de cannes, de tableaux, etc. A droite de la porte, la table
de nuit ouverte laisse voir un vase plein
jusqu'au bord de vieilles montres ; puis
un petit lit de fer s'allonge, au-dessus duquel, jusqu'au plafond, les murs sont cou-
verts par un nombre considérable de miniatures représentant des militaires. Au
pied du lit, des armes encore sont entas-
sées avec des étoffes rares, des casques
et des portraits de cire dans leurs boîtes
de verre.

Devant la fenêtre, sur une table ronde,
une collection de bonbons anciens, de
figurines de sucre colorié, de maisonnettes
bâties par le confiseur, de brebiettes en
fondant entourant un grand agneau pascal
italien, semble préparée depuis plus d'un
siècle pour une troupe turbulente d'enfants qui ne sont point venus, qui ont
grandi, ont vieilli et sont morts sans avoir
touché à ces bonbons surannés et char-

mants, objets précieux d'une gourman-
dise qui n'est plus, dont on n'a pas écrit
l'histoire et qui n'a même pas son musée.

*
* *

Je regardai Ernest La Jeunesse, qui
était prêt à sortir, chapeau de castor sur
la tête, un beau jonc à la main, et qui
attendait que je fusse revenu de l'étonnement où m'avait mis sa chambrette.

Ernest La Jeunesse était solidement
bâti. Je laisserai à d'autres le soin de le
décrire lui, ses bijoux et ses cannes, mais
je veux mentionner sa voix dont le timbre
était fort élevé. J'acquis vite la convic-
tion que cette façon de s'exprimer, au
moyen d'une voix aiguë de soprano, n'é-
tait due ni au hasard de la naissance, ni
à un accident. Il s'agissait d'une pratique
d'hygiène que Ernest La Jeunesse observait
avec grand soin. Parler avec une voix de
tête purifie l'âme, donne des idées claires,
de la volonté même et de la décision.

Je montrai le rébus, et Ernest La Jeunesse parut d'abord stupéfait. Cependant il
se remit vite, et me déclara que c'était un

de ses griffonnages de café, mais recopié
par un ignorant. Ensuite, il me parla
d'autre chose.

★
★ ★

Il était l'heure pour Ernest La Jeunesse
de sortir. Il m'invita à l'accompagner,
et, au « Napo » où nous nous arrêtâmes,
quelqu'un s'approcha de lui et lui demanda les noms des officiers de tel régiment
de cavalerie. Et aussitôt M. La Jeunesse
les lui récita, puis voyant mon étonnement, il m'apprit qu'il savait par cœur
tout l'*Annuaire militaire*. Ensuite, il me
rappela que peu d'années auparavant, il
avait « collé », sur des questions de tactique,
le ministre de la Guerre lui-même dans
une discussion publique. Alors Ernest La
Jeunesse dessina le portrait de ce ministre
et le sien propre, et puis celui de Napoléon, et me les donna.

Il cria :

— Apportez-moi mon sabre d'enfant.

On le lui apporta, et, tour à tour, il se
fit remettre pour me les montrer toutes
les pièces d'un arsenal qui lui appartient

et se trouve dans le café où nous étions.
A ce moment, un monsieur, qui me parut
un personnage de qualité, et qui avait un
accent, dont je ne sais pas à quelle nation
il faudrait le rapporter, vint demander à
mon compagnon quelques détails, touchant la généalogie d'une famille régnante.
Ernest La Jeunesse les donna sans se faire
prier ; après quoi, il me dit qu'il savait
par cœur le *Gotha* tout entier...

*
* *

Là-dessus, nous nous quittâmes, et
Ernest La Jeunesse alla s'informer d'une
pièce qu'il avait déposée dans je ne
sais plus quel théâtre, plusieurs années
auparavant et qui était intitulée, je crois,
la Dynastie.

Je le revis souvent, dans ce « Napolitain » où il passait une grande partie
de ses journées depuis que n'existaient
plus le *Bols* ni le *Kalisaya*.

Il mourut le 2 mai 1917, d'un cancer à
la gorge, chez les sœurs de Bon-Secours,
rue des Plantes, à l'âge de quarante-trois
ans.

Né en 1874, ce Lorrain qui avait rêvé toute sa jeunesse à la conquête de Paris, ne tarda pas à devenir presque célèbre dans le monde des gens de lettres, des gens de théâtre, des amateurs d'art et des escrimeurs.

Il débuta par un singulier coup de maître : l'éloge d'Édouard Drumont qui, ne sachant pas qu'Ernest La Jeunesse était israélite, fit un article enthousiaste sur son premier livre.

Ce premier livre fit plus pour la réputation de son auteur que tout ce qu'il écrivit par la suite.

Il était intitulé : *Les nuits, les ennuis et les âmes de nos plus notoires Contemporains*, qui précèdent, avec une fantaisie plus aiguë et une ironie plus nuancée, le fameux *A la manière de...* qu'imitent dans les popotes de l'arrière du front tous les trois galons qui, autrefois, eussent passé leur temps à traduire Horace en vers français.

Les Nuits et les Ennuis... amusèrent tous ceux qui y étaient mentionnés. Les articles abondèrent et la réputation de l'auteur fut faite.

Sa tenue de ville y était pour quelque chose. C'était le débraillé, non le débraillé verlainien, mais un débraillé orné de bagues d'améthyste, de cannes extraordinaires, de breloques sensationnelles, en un mot un débraillé boulevardier.

Dès ses débuts à Paris, La Jeunesse s'était logé dans cet hôtel du boulevard Beaumarchais où je l'avais trouvé; il y resta jusqu'à ce que, peu avant la guerre, les bénéfices que lui procura sa collaboration anonyme au *Petit Café* lui eussent permis de s'agrandir en transportant rue de Liége, alors rue de Berlin, ses casques, ses armes, ses défroques de l'armée napoléonienne, les livres, les cannes, les miniatures, les médailles, les pièces de monnaie qu'il entassait dans cette chambre d'hôtel où le tas n'était pas loin d'atteindre le plafond. Ceux qui furent admis dans ce capharnaüm se souviennent du pot de chambre débordant de montres anciennes.

Au temps de *la Revue Blanche*, Ernest La Jeunesse s'égarait parfois jusqu'à la rue de l'Échaudé où son ami Jarry s'ingéniait parfois à le turlupiner.

Plus tard, il accompagna une fois Moréas à *la Closerie des Lilas*.

Somme toute, il se confinait sur la rive droite, ou plus exactement sur les boulevards où il avait des habitudes.

Ce fut un événement le jour où, Dieu sait à la suite de quelle discussion littéraire, il abandonna le *Kalisaya*, où il s'était lié avec Oscar Wilde, pour adopter le *Bols* situé en face.

On voyait encore La Jeunesse au *Cardinal*, où il avait un dépôt d'antiquités, à l'office.

L'apéritif du soir au *Napolitain* était devenu classique. On l'y retrouvait chaque soir ; trois jours avant sa mort il y était encore.

Il allait aussi au *Vetzel*, au *Tourtel*, au *Grand Café*, mais de façon moins régulière.

Soiriste au *Journal*, où il était encore chargé des nécrologies littéraires, de l'Académie. Il y avait fait l'intérim de la critique théâtrale après la mort de Catulle Mendès.

Après les *Nuits et les Ennuis,* il eut encore un certain succès avec l'*Imitation de notre maître Napoléon*, dans une note qui convenait à cette époque où le snobisme stendhalien était de rigueur chez les gens de lettres et dans cette forme énigmatique et anarcho-élégante que M. Maurice Barrès avait alors mise à la mode, subtilités et gongorisme qui ne sont pas ce que l'œuvre de ce remarquable écrivain contient de moins séduisant.

On parla encore de *Cinq ans chez les Sauvages*, où il y a le récit poignant de l'enterrement d'Oscar Wilde. Mais ses derniers livres : *l'Holocauste, le Boulevard, le Forçat honoraire* ne connurent qu'un succès d'estime.

Les générations nouvelles parurent oublier cet homme aux cheveux ébouriffés, en veston gris, en pantalon tirebouchonnant, en chapeau mou de peluche, qui fut le dernier boulevardier.

De Sem à Rouveyre en passant par Capiello, tous les dessinateurs ont popularisé la figure d'Ernest La Jeunesse. C'était une silhouette bien parisienne.

⁎
⁎ ⁎

Le style d'Ernest La Jeunesse qui apparnait à l'école de Jean de Tinan, est néologique, c'est son défaut ; mais il est ému, c'est sa qualité. Mais cette qualité suffira-t-elle à garder certaines de ses pages de l'oubli ? On peut en douter et penser que, si l'on doit se souvenir de lui, c'est surtout parce qu'il fut le dernier boulevardier.

LES QUAIS

ET LES BIBLIOTHÈQUES

Je vais le plus rarement possible dans les grandes bibliothèques. J'aime mieux me promener sur les quais, cette délicieuse bibliothèque publique.

Néanmoins je visite parfois la Nationale ou la Mazarine et c'est à la Bibliothèque du Musée social, rue Las Cases, que je fis connaissance d'un lecteur singulier qui était un amateur de bibliothèques.

« Je me souviens, me dit-il, de lassitudes profondes dans ces villes où j'errais et afin de me reposer, de me retrouver en famille, j'entrais dans une bibliothèque.

— C'est ainsi que vous en connaissez beaucoup

— Elles forment une part importante de mes souvenirs de voyages. Je ne vous parlerai pas de mes longues stations dans

les bibliothèques de Paris ; l'admirable
Nationale aux trésors encore ignorés, aux
encriers marqués E. F. (Empire Français);
la Mazarine, où j'ai connu des lettrés
charmants : Léon Cahun, auteur de romans
de premier ordre qu'on ne lit pas assez;
André Walckenear, Albert Delacour, les
deux premiers sont morts, le troisième
semble avoir renoncé aussi bien aux lettres
qu'aux bibliothèques ; la lointaine Bibliothèque de l'Arsenal, une des plus précieuses qui soient au monde pour la poésie
et, enfin, la Bibliothèque de Sainte-Gene-
viève, chère aux Scandinaves.

Je crois que, pour ce qui est de la lumière, la bibliothèque de Lyon est une
des plus agréables. Le jour y pénètre
mieux que dans toutes les bibliothèques
de Paris.

A la petite bibliothèque de Nice, j'ai lu
avec volupté *l'Histoire de Provence* de
Nostradame et m'inquiétais du Fraxinet
des Sarrasins, loin des musiques, des con-
fetti de plâtre et des chars carnavalesques.

A la bibliothèque de Quimper, on con-
serve une collection de coquillages. Un
jour que j'étais là, un monsieur fort bien

entra et se mit à les examiner. « Est-ce vous qui avez peint ces babioles ? » demanda-t-il à voix très haute en s'adressant au conservateur. « Non, répondit avec calme celui-ci, non, Monsieur, c'est la nature qui a orné ces coquillages des plus délicates couleurs. » « Nous ne nous entendrons jamais, repartit le visiteur élégant, je vous cède la place. » Et il s'en alla.

A Oxford, il y a une bibliothèque (je ne sais plus laquelle), où l'on a brûlé tous les ouvrages ayant trait à la sexualité, entre autres : *la Physique de l'Amour*, de Rémy de Gourmont, *Force et Matière*, de Ludwig Büchner.

A Iéna, à la Bibliothèque de l'Université, par décision du Sénat universitaire, on a retiré de la salle publique les œuvres d'Henri Heine qui ne sont plus communiquées que sur autorisation spéciale, dans la salle de la Réserve.

A Cassel, j'espérais toujours voir passer l'ombre du marquis de Luchet, qui, vers la fin du xviiie siècle, en fut le directeur, et au dire des Allemands, la désorganisa en peu de temps, mettant Wiquefort parmi les Pères de l'Église, inscrivant dans les cartouches des barbarismes comme *exeuropeana*, qui paraissaient inadmissibles non seulement aux latinistes de Cassel, mais encore à ceux de Gœttingue et de Gotha. Ces derniers menèrent un tel bruit que Luchet dut cesser d'administrer la bibliothèque.

La bibliothèque de Neuchâtel, en Suisse, est la mieux située que je connaisse. Toutes ses fenêtres donnent sur le lac. Séjour enchanteur ! La salle de lecture est charmante. Elle est ornée de portraits représentant les Neuchâtelois célèbres. Il faut ajouter qu'on y est fort tranquille pour lire, car on n'y voit presque jamais personne. L'administrateur — et par tradition ce poste est toujours confié à un théologien — dort sur son pupitre. On y trouve une riche collection de livres français du XVIIe et du XVIIIe siècle. Quand quelqu'un demande des livres difficiles à trouver, il est invité à les chercher lui-même. La bibliothèque s'honore avant tout de conserver des manuscrits de Rousseau dans une grande enveloppe jaune et c'est bien la seule chose qu'on vous communique sans rechigner, tant on en est fier.

A la bibliothèque de Saint-Pétersbourg,
on ne communiquait pas le *Mercure de
France* dans la salle de lecture. Les privi-
légiés allaient le lire dans l'espace réservé
aux bibliothécaires. J'y ai vu d'admirables
manuscrits slaves écrits sur de l'écorce de
bouleau. La bibliothèque était ouverte de
9 heures du matin à 10 heures du soir.
Et dans la salle de lecture se tenaient
beaucoup d'étudiants pauvres venus là
pour se chauffer. Ce fut un vrai centre
révolutionnaire. A tout moment, des des-
centes de police, où chaque lecteur devait
montrer son passeport, venaient troubler
l'atmosphère studieuse de la bibliothèque.
On y voyait des gamines de douze ans
qui lisaient Schopenhauer. Grâce à l'influence de *Sanine* d'Artybachew, on y
vit ensuite des dames élégantes qui lisaient
les œuvres des derniers symbolistes français.

L'influence de *Sanine* eut, un moment,
les résultats les plus étranges. Des lycéens
et des lycéennes de quatorze à dix-sept
ans avaient fondé des sociétés de sani-
nistes. Ils se réunissaient dans une salle
de restaurant. Chacun d'eux apportait un

bout de bougie que l'on allumait. Alors on chantait, on buvait, et lorsque la dernière bougie s'était éteinte, l'orgie commençait.

Peu avant la guerre, ce fut, chez les jeunes gens du même âge, une lamentable épidémie de suicides.

La bibliothèque d'Helsingfors est très bien fournie de livres français, même les plus récents.

Dans le transsibérien, le wagon-promenoir contenait, avec des pots de fleurs et des rocking-chair, une bibliothèque d'environ cinq cents volumes dont plus de la moitié étaient des livres français. On y voyait les œuvres de Dumas père, de George Sand, de Willy.

A la Martinique, Fort-de-France possède une bibliothèque, grande villa coloniale construite après le grand incendie d'il y a une vingtaine d'années. Quand j'y fus, le conservateur était un vieux brave qui est peint dans le célèbre tableau des *Dernières Cartouches*. Érudit charmant, il faisait lui-même les honneurs de sa bibliothèque, allait chercher les livres, etc. Il se nommait M. Saint-Félix et, s'il vit encore, je lui souhaite une longue vie.

J'ai eu l'occasion de connaître la bibliothèque du savant Edison. Je n'y ai pas vu *l'Ève future*, dont il est un des personnages. Peut-être ignore-t-il encore cette belle œuvre de Villiers de l'Isle-Adam. Par contre, Edison fait sa lecture favorite des romans d'Alexandre Dumas père. *Les Trois Mousquetaires*, *le Comte de Monte-Cristo* sont ses livres de chevet.

A New-York, j'ai fait de longues séances à la Bibliothèque Carnegie, immense bâtiment en marbre blanc qui, d'après les dires de certains habitués, serait tous les jours lavé au savon noir. Les livres sont apportés par un ascenseur. Chaque lecteur a un numéro et quand son livre arrive, une lampe électrique s'allume, éclairant un numéro correspondant à celui que tient le lecteur. Bruit de gare continuel. Le livre met environ trois minutes à arriver et tout retard est signalé par une sonnerie. La salle de travail est immense, et, au plafond, trois caissons, destinés à recevoir des fresques contiennent, en attendant, des nuages en grisaille. Tout le monde est admis dans la bibliothèque. Avant la guerre tous les livres allemands étaient achetés. Par contre, les achats de livres français étaient restreints. On n'y achetait guère que les auteurs français célèbres. Quand M. Henri de Régnier fut élu à l'Académie française, on fit venir tous ses ouvrages, car la bibliothèque n'en possédait pas un seul. On y trouve un livre de Rachilde : *le Meneur de Louves*, dans la traduction russe, et, dans le catalogue, on trouve le nom de l'auteur en russe, avec la traduction en caractères latins suivis de trois points d'interrogation. Cependant, la bibliothèque est abonnée au *Mercure* depuis une dizaine d'années. Comme il n'y a aucun contrôle, on vole 444 volumes par mois, en moyenne. Les livres qui se volent le plus sont les romans populaires, aussi les communique-t-on copiés à la machine. Dans les succursales des quartiers ouvriers il n'y a guère que des copies polygraphiées. Toutefois, la succursale de la quatorzième rue (quartier juif) contient une riche collection d'ouvrages en yddich. Outre la grande salle de travail dont j'ai parlé il y a une salle spéciale pour la musique, une salle

pour les littératures sémitiques, une salle
pour la technologie, une salle pour les
patentes des États-Unis, une salle pour
les aveugles, où j'ai vu une jeune fille lire
du bout des doigts *Marie-Claire*, de Mar-
guerite Audoux ; une salle pour les journaux, une salle pour les machines à écrire
à la disposition du public. A l'étage su-
périeur enfin se trouve une collection de
tableaux.

Et voilà les bibliothèques que je connais.

— J'en connais moins que vous, répon-
dis-je. Et prenant l'Errant des bibliothèques par le bras, je m'efforçai de
mettre la conversation sur un autre sujet.

*
* *

Un jour, je rencontrai sur les quais,
M. Ed. Cuénoud qui était gérant d'im-
meubles à Montparnasse, et consacrait ses
loisirs à la bibliophilie. Il me donna une
petite brochure amusante dont il était
l'auteur.

C'est une plaquette illustrée par Carlègle. Elle est inconnue et par la suite
deviendra sans doute célèbre parmi les

bibliophiles qui recherchent les catalogues fantaisistes.

En voici le titre :

CATALOGUE DES LIVRES DE LA BIBLIO-THÈQUE DE M. ED. C., *qui seront vendus le 1er avril prochain à la Salle des Bons-Enfants.*

Voici quelques mentions tirées de ce catalogue facétieux :

ABEILARD. Incomplet, coupé.

ALEXIS (P.). *Celles qu'on n'épouse pas.* Nombr. taches.

ALLAIS (A.). *Le Parapluie de l'Escouade.* Percale rouge.

ANGE BÉNIGNE. *Perdi, le couturier de ces dames.* Av. notes.

ARISTOPHANE. *Les Grenouilles.* Papier du Marais.

AURIAC. *Théâtre de la foire.* Papier pot.

BALZAC (H. DE). *La peau de chagrin.* Rel. id.

BEAUMONT (A.). *Le beau Colonel.* Parf. état de conserv.

BOISGOBEY (F. DE). *Décapitée.* En 2 part., tête rog., tr. r.

BOREL (PÉTRUS). *Madame Putiphar.* Se vend sous le manteau.

CARLÈGLE ET CUÉNOUD. *L'Automobile 217-UU.* Beau whatman.

CLARETIE. *La Cigarette.* Papier de riz.

Coulon. *La mort de ma femme.* Demi-chagrin.

Courteline. *Un client sérieux.* Rare, recherché.

Dubut de Laforêt. *Le Gaga.* Très défraîchi.

Dufferin (lord). *Lettres écrites dans les régions polaires.* Papier glacé.

Dumas (A.). *Napoléon.* Un grand tome.

Dumas fils (A.). *L'Ami des femmes.* Complètement épuisé.

Dumas fils (A.). *Monsieur Alphonse.* Dos vert.

Fleuriot (Z.). *Un fruit sec.* Couronné par l'Acad. franç.

Gaignet. *Bossuet.* Pap. grand-aigle.

Gazier. *Port-Royal des champs.* Rel. janséniste.

Grandmougin. *Le Coffre-fort.* Ouvr. à clef.

Grave (Th. de). *Le Rastaquouère.* Av. son faux titre.

Guimbail. *Les Morphinomanes.* Nombr. piq.

Hauptmann. *Les Tisserands.* Toile pleine.

Havard (H.). *Amsterdam et Venise.* Petites capitales.

Hervilly (E. d'). *Mal aux cheveux.* Une jolie fig.

Karr (A.). *Les Guêpes.* Piq.

Kock (P. de). *Histoire des cocus célèbres.* Nombr. cornes.

La Fontaine. *L'anneau d'Hans Carvel.* Mis à l'index.

La Fontaine. *Les deux pigeons.* Format colombier.

Livre d'heures. In-18 Jésus.

Mæterlinck. *La Vie des abeilles.* Qques bourdons.

MAINDRON. *Les Armes*. Grav. sur acier.

MATTEY. *Le billet de mille*. Très rare.

MAURY (L.). *Abd-el-Aziz*. Maroq. écrasé.

MONTBART (G.). *Le Melon*. Tr. coupées.

RÉMUSAT (P. DE). *Monsieur Thiers*. Un petit tome.

THIERRY (G.-A.). *Le Capitaine sans façon*. Basane.

VIGNY. *Cinq Mars*. Tête coupée.

VILMORIN. *Les oignons*. Pap. pelure.

VOLTAIRE. *Le Siècle de Louis XIV*. Magnif. ill. en tous genres, etc., etc.

Et voilà un curieux divertissement bibliographique.

Je revis plusieurs fois M. Ed. Cuénoud sur les quais. Il est mort récemment et quand je passe devant les boîtes des bouquinistes près de l'Institut j'évoque la silhouette singulière de ce gérant qui pour la bibliographie facétieuse rivalisait avec Rabelais et celle de Remy de Gourmont, qui ne manquait jamais avant la tombée de la nuit d'aller faire son tour le long des quais.

N'est-ce point la plus délicieuse promenade qui se puisse faire à Paris? Ce n'est pas trop, lorsqu'on a le temps, de consacrer un après-midi à aller de la gare d'Orsay au pont Saint-Michel. Et sans doute n'est-il pas de plus belle promenade au monde, ni de plus agréable.

LE COUVENT

DE LA RUE DE DOUAI

Chaque fois que je passe à l'angle de la rue de Douai et de la place Clichy, à l'endroit où se trouve maintenant une école et où il y avait avant la séparation un couvent où fut imprimé mon premier livre : *l'Enchanteur pourrissant*, je songe à M. Paul Birault.

On connaît son histoire. M. Paul Birault parvint à former un comité composé de députés et surtout de sénateurs pour élever une statue à l'imaginaire démagogue Hégésippe Simon. L'auteur de cette mystification en révéla les savoureux détails dans l'*Éclair*, et le mystificateur devint plus célèbre que les inventeurs d'un mot que Voltaire trouva mal fait et qui bernèrent avec tant de malice ce sot Poin-

sinet qui devait se noyer dans le Guadal-
quivir. Au contraire de la farce dite de
Boronali, qui ne mystifia personne, celle
de Paul Birault fit « marcher » tous les
parlementaires qui avaient été choisis
pour victimes, aucun d'eux ne s'esclaffa
en lisant l'épigraphe tirée des œuvres sup-
posées d'Hégésippe Simon « précurseur
de la Démocratie », qui ornait la circulaire
destinée à hâter l'érection d'un monument
dans la ville natale de ce grand homme,
né dans plus de villes qu'Homère.

« Quand le soleil se lève, les ténèbres
s'évanouissent », telle était la phrase que
Paul Birault avait prêtée à Hégésippe Simon. Elle résume une part importante de
l'éloquence dont les hommes sont si
avides et qui, servie par le phonographe,
a devant elle le plus bel avenir.

Nouveau Caillot-Duval, puisqu'il opé-
rait par correspondance, M. Paul Birault se vit qualifié par les journaux de
notre distingué confrère ; il ne tenait qu'à
lui de se faire donner de l'éminent et s'il
lui avait plu un jour d'entrer à l'Académie, il ne lui restait plus qu'à se pousser
dans les salons où, en qualité d'homme

d'esprit, il n'aurait point eu de peine à briller.

J'ai connu M. Paul Birault en 1910, où il me fit l'honneur d'imprimer mon premier livre : *l'Enchanteur pourrissant.* M. Birault était à cette époque établi imprimeur dans ce couvent qui se trouvait alors au bout de la rue de Douai, à l'angle de la place Clichy. Il avait déjà imprimé ma première préface à un catalogue de peinture, celui de la première exposition du peintre Georges Braque, cubiste célèbre, illustre joueur d'accordéon, réformateur du costume bien avant la famille Delaunay, et danseur de gigue émérite, car je crois que les soucis de la peinture l'ont fait renoncer à la danse en 1915 au moment où on dansait le plus. C'est grâce à ses relations avec le peintre Kees van Dongen que Paul Birault était devenu et est encore aujourd'hui l'imprimeur ordinaire de l'éditeur du catalogue et de mon livre.

Il était entendu que je dirigerais l'impression conjointement avec l'illustrateur de l'ouvrage, mon ami André Derain, qui avait gravé les plus beaux des bois modernes que je connaisse.

Un matin ensoleillé, nous nous ren-
dîmes au couvent de la rue de Douai, l'éditeur, André Derain et moi. Nous y
trouvâmes M. Paul Birault. C'était alors
un petit homme sans vivacité, aux traits
fins et souffreteux. Il me parut que sa situation de petit imprimeur ne le contentait point. Il avait publié des chansons
que l'on avait chantées dans les concerts
et qu'il nous montra. Il aimait les calem-
bours et, comme j'eus l'occasion de le revoir, il me raconta le détail de plusieurs
mystifications qu'il avait imaginées ; je
crois même qu'il en avait exécuté une
dont je me souviens plus bien, et qui avait
trait au métro. Il s'occupait de son imprimerie, mais sa femme, intelligente et tra-
vailleuse, ne tarda pas à s'en occuper plus
que lui, qui avait trouvé une place de nuit
dans un grand journal.

Il me fut même donné d'entrer dans
l'intimité de M. Paul Birault et de dîner
chez lui. Et je dois dire qu'il me traita
fort bien. J'ai remarqué que ceux qui
savent manger sont rarement des sots.
L'Enchanteur pourrissant fut imprimé et
bien imprimé à cent quatre exemplaires
par les soins de M. Paul Birault.

Ce livre est aujourd'hui presque célèbre, la plupart des planches qui l'illus-
trent ont été reproduites dans les revues
d'art du monde entier. Je crois que l'impression de M. Paul Birault est un des
seuls produits de l'imprimerie française
contemporaine qui, sans rien devoir à
l'étranger, aient eu de l'influence sur l'imprimerie étrangère. Ces cent quatre petits
in-quarto, portant la marque à la coquille Saint-Jacques, dessinée par André
Derain, ont sauvé le renom typogra-
phique de la France au moment où tous
les yeux en France s'étaient tournés pour
admirer la typographie allemande, an-
glaise, belge et hollandaise. Personne ici
n'en a encore parlé et moi-même, pour
que j'en parlasse, il a fallu que mon imprimeur devînt célèbre comme mystificateur.

C'est que M. Paul Birault, en véritable
homme d'esprit, n'avait point de vanité.
Je suis certain que, depuis sa célébrité,
sa modestie était restée la même et que
les gourmets du club des Cent qui eurent
à le traiter ne trouvèrent en lui qu'un
homme aussi averti qu'eux-mêmes sur les
choses de bouche et sans trace d'orgueil.

Depuis le temps de *l'Enchanteur pour-rissant*, et avant son invention du « Pré-curseur de la Démocratie », j'eus l'occa-sion de rencontrer encore M. Paul Birault ; c'était déjà un journaliste répandu. Il s'oc-cupait d'aviation à *Paris-Journal*, il était chef des échos à *la France*, chef des infor-mations à *l'Opinion*, collaborait à *l'Éclair* et ne cessait de s'intéresser à son impri-merie, où furent encore imprimés les livres de Max Jacob.

Il resta dans le couvent de la rue de Douai jusqu'à la fin, jusqu'au moment de la démolition. Retors, il se fit, je crois, expulser, et l'on démolissait déjà le mo-nastère, les nègres danseurs qui se mon-trèrent longtemps à cet endroit faisaient déjà leurs bamboulas, que M. Paul Bi-rault, sa petite femme et son enfant, se réunissaient encore chaque soir sous la lampe familiale dans la cellule qui leur servait de salle à manger.

Devenu célèbre dans le monde des journalistes comme mystificateur, Paul Birault resta connu dans les milieux de la nouvelle littérature et de la jeune pein-ture, comme imprimeur.

Dans la petite imprimerie de la rue Tardieu où il s'installa en quittant la rue de Douai, furent imprimées les premières plaquettes de Pierre Reverdy, de Philippe Soupault et composés un certain nombre des poèmes formels de mon recueil intitulé *Calligrammes*. Les livres imprimés par Paul Birault resteront dans les bibliothèques des bibliophiles.

Pendant la guerre il fut le plus spirituel des collaborateurs du *Bulletin des Armées de la République*. Il mourut dans le courant de 1918, tandis que les Berthas et les Gothas menaient sinistre bruit.

LE BOUILLON MICHEL PONS

Peu avant la guerre, m'étant rencontré avec M. Michel Pons, le restaurateur-poète qui eut, à une élection académique, la voix de Maurice Barrès, il m'invita à aller le visiter. Et quelques jours après cette rencontre, j'arrivai au Bouillon Michel Pons, rue des Moulins, vers 5 heures de l'après-midi.

Une femme à cheveux blancs et très avenante de visage me dit que le patron était au premier étage où je montai par un petit escalier en spirale.

Là, dans une salle basse, en compagnie de son ami, le cordonnier-philosophe André Gayet, Michel Pons collait, à la lueur d'un bec de gaz, les coupures de journaux relatives à son dernier livre de vers : *les Chants d'un déraciné*.

Michel Pons est un homme dans la

force de l'âge, il est brun, pas très grand,
mais large d'épaules et bien campé sur ses
jambes. Il s'enthousiasme facilement et
rit encore plus volontiers, accompagnant
ses récits de gestes à mains fermées.

Son ami, le cordonnier-philosophe,
présente avec lui un contraste frappant.
Il est très grand et très mince, ce qui,
malgré ses cheveux blancs, lui laisse l'air
très jeune. Son visage est plein de tran-
quillité. Un strabisme assez prononcé
donne à son regard je ne sais quoi de
lointain et de mystérieux. Il parle rarement et toujours avec bon sens, et, tandis
qu'il écoute, on comprend qu'il suppute
la valeur de ce qu'il entend, cependant
qu'il s'efforce de juger son interlocuteur
avec bienveillance. Ses vêtements, très
propres, sont ceux d'un artisan, mais sa
taille et sa tenue leur confèrent une véritable élégance. Il m'a rappelé aussitôt un
de mes amis auquel il ressemblait beaucoup, René Dalize, le plus ancien de mes
camarades.

Après les présentations, j'examinai
avec mes deux confrères les coupures que
venait de coller Michel Pons. Ensuite, je

vis toutes celles qu'il avait reçues précédemment, et elles sont très nombreuses.

Rien n'excite tant la curiosité qu'un homme de métier ayant des préoccupations intellectuelles. Et la réunion chez Michel Pons des qualités du poète et de celles du restaurateur a étonné jusqu'en Australie. On l'a interviewé plus fréquemment que M. Edmond Rostand et sa photographie a été publiée presque aussi souvent que celle d'une grande actrice.

Je vis, du reste, que Michel Pons et André Gayet, faisant grand cas de la publicité, s'occupaient avec beaucoup d'application de celle qui pouvait être faite autour de leur nom.

« Quand on croit que, par ses écrits, on rend service aux hommes, me dit le cordonnier-philosophe, n'est-il pas légitime de ne négliger aucun moyen de les atteindre ? »

Plus tard, un grand rousseau très éveillé et d'une figure très agréable, qui me fit penser à l'aîné des frères du petit Poucet, arriva et, se jetant au cou d'André Gayet, l'embrassa sur les deux joues. C'était son fils, apprenti pâtissier.

« Il veut être cuisinier, dit le philosophe, et j'ai pensé qu'il lui fallait d'abord apprendre la pâtisserie... J'ai des relations du côté de la cuisine et s'il pouvait devenir un grand cuisinier, rival de Carême ou d'Escoffier, son sort serait certainement enviable. »

Je vis ainsi que ce brave homme, plein de raison, au lieu de pousser son fils hors de sa condition, voulait lui donner, dans cette condition même, le moyen d'acquérir une situation importante.

Quant à Michel Pons, oubliant la destinée de son nouveau livre, il interrogeait son ami, lui demandant s'il avait fait le service de son volume, *la Théorie du succès*, à tel ou tel personnage utile. Il lui donnait encore des conseils sur les démarches qu'il fallait faire et je sus qu'après s'être occupé personnellement de l'édition de ce livre il avait fait lui-même mainte démarche en sa faveur, comme il avait écrit plusieurs articles pour le vanter.

Et, lorsque je quittai ces deux amis, tenant *les Chants d'un déraciné* sous le bras, j'ouvris *la Théorie du succès* et me mis à fredonner la chanson provençale citée par Mistral :

A la Fontaine de Nîmes
Il y a un savetier
Qui tout le jour chante
En faisant ses souliers.
Et si toujours il chante,
Il ne chante pas pour nous ;
Il chante pour sa mie
Qui est auprès de lui.

Depuis la guerre j'ai été dire bonjour à l'ami de M. Maurice Barrès. M. Michel Pons a un peu vieilli, mais il aime toujours la poésie et la bonne cuisine bourgeoise. Son restaurant fait de bonnes affaires et l'on y voit parfois encore parmi les midinettes, des poètes et des journalistes.

UN MUSÉE NAPOLÉONIEN

INCONNU

Si vous passez rue de Poissy, arrêtez-vous au 14 et essayez de visiter le petit musée napoléonien qui s'y trouve.

Avant la guerre, ce musée avait son organe, *le Journal du Musée*.

Je ne sais s'il y eut en France et même dans le monde entier de plus curieuse gazette que le *Journal du Musée*. Bimensuelle, 1er et le 15 de chaque mois. Direction : 14, rue de Poissy. Abonnement : 3 fr. par an. Imprimé en violet au polycopiste, il paraissait sur deux pages à trois colonnes. Cette feuille était publiée par un enfant de dix ans pour servir d'organe de publicité au petit musée qu'il a fondé à la même adresse et qui est consacré à Napoléon.

Ce musée napoléonien est peu connu.
Il contient des choses intéressantes et
précieuses réunies par ce gamin. Des li-
braires, des antiquaires, des amateurs, sé-
duits par l'initiative de cet enfant, aug-
mentent par des dons les richesses du
musée imprévu. Les abonnés étaient
nombreux, m'a-t-on dit, et le journal paraissait en général très régulièrement. Il
se vendait à raison de dix centimes le numéro.

J'ai sous les yeux un exemplaire de ce
journal singulier. Pour article de tête, la
Suite d'une *Vie de Napoléon*, par G. Du-
coudray, s'étend sur une colonne et demie.
Après quoi, la rubrique *le Musée* contient
d'importants renseignements.

« Le musée est rouvert. Personne ne
le reconnaîtrait. De grands changements
se sont produits. Nombreux dons enri-
chissant le musée parmi lesquels ceux de
MM. Thiébaut et Mattei. »

Un conte d'Alphonse Daudet en feuil-
leton anime d'une façon fort littéraire *le
Journal du Musée* et ce qui reste de place
est consacré à l'esprit et à la fantaisie.
Voici quelques devinettes.

Quel café fréquent (*sic*) les spéculateurs ?
Quel café fréquent les gens propres ?
Quel café fréquent les horlogers ?
Qui passe la rivière sans se mouiller ?
Combien de côtés a un pâté carré ?

Voici une épigramme :

Monsieur Binet n'a pas, bien que dans l'opulence,
Le confort, le bien-être aujourd'hui si goûtés.
Quant à moi, si j'avais ce qu'a Binet d'aisance
J'aurais certainement plus de commodités.

Je ne crois pas que l'enfant de dix ans en fût l'auteur. De toute façon elle donnait au *Journal du Musée* un caractère gaulois qui tranchait nettement sur la pruderie contemporaine. La dernière colonne est occupée par les *Réponses aux questions contenues dans le numéro précédent*, qui sont suivies par la *Réponse au Rébus :* « Aide-toi le ciel t'aidera. » Trois personnes seulement ont deviné ce rébus : MM. Grund, Henri Guérard et Mattei.

Un avertissement final nous fait savoir que : « Par suite d'un accident survenu au tirage, le n° est paru avec 15 jours de retard. Nous nous en excusons auprès de nos lecteurs. »

Aucun nom de gérant, aucune mention d'imprimeur ne légalise la publication de ce petit journal dont une des principales singularités, l'âge de son directeur et rédacteur en chef, est appelée à disparaître tandis que, pour nous comme pour lui, s'écouleront les années.

J'ai connu d'autres enfants qui s'amusaient à publier des journaux. Mais c'étaient toujours des journaux manuscrits à un exemplaire qu'on se passait de main en main au collège. Je me souviens notamment de l'un de ces pamphlets calligraphié en encres de couleurs variées : noir, violet, vert, bleu, jaune, rouge. Il devait paraître toutes les semaines et l'abonnement se payait en friandises : réglisse, cassonades, boîtes de coco, etc. ; mais il n'y eut point de second numéro.

Une petite fille, qui est aujourd'hui presque une jeune fille, s'était associée, lorsqu'elle avait dix ans, avec un petit garçon de sept ans dans le but de publier un journal. Elle recueillit des abonnements pour la somme de trente francs, sur lesquels elle donna cinq francs au petit garçon et avec le reste s'acheta du choco-

lat. Car ce qui lui paraissait la réussite
anticipée de ses espérances avait donné
une entière satisfaction à son besoin d'activité ; c'est ainsi qu'un succès prématuré
est presque toujours une cause de décadence pour un poète, un artiste quel
qu'il soit.

LA CAVE DE M. VOLLARD

Près du boulevard, au 8, rue Laffitte, il y avait avant la guerre une boutique, véritable capharnaüm où s'entassaient les tableaux des peintres contemporains et où la poussière régnait partout.

Depuis la guerre, elle est close. M. Vollard sans doute, a renoncé à son commerce pour se livrer tout entier à sa fantaisie d'écrivain et à la rédaction de ses souvenirs sur les peintres et les auteurs qu'il a fréquentés. Il n'oubliera pas d'y parler de sa cave qui fut fameuse de 1900 à 1908, époque à laquelle il m'annonça qu'il renonçait à manger dans sa « cave de la rue Laffitte » ; elle était devenue trop humide.

Tout le monde a entendu parler de ce fameux hypogée. Il fut même de bon ton d'y être invité pour y déjeuner ou y

dîner. J'ai assisté pour ma part à quelques-
uns de ces repas. Carrelée, les murs tout
blancs, la cave ressemblait à un petit ré-
fectoire monacal.

La cuisine y était simple, mais savou-
reuse : mets préparés suivant les principes
de la vieille cuisine française, encore en
vigueur dans les colonies, des plats cuits
longtemps, à petit feu, et relevés par des
assaisonnements exotiques.

On peut citer parmi les convives de ces
agapes souterraines, tout d'abord un grand
nombre de jolies femmes, puis M. Léon
Dierx, prince des poètes, le prince des dessinateurs, M. Forain ; Alfred Jarry, Odilon
Redon, Maurice Denis, Maurice De Vla-
minck, José-Maria Sert, Vuillard, Bonnard, K. X. Roussel, Aristide Maillol, Picasso, Émile Bernard, Derain, Marius-Ary
Leblond, Claude Terrasse, etc., etc.

Bonnard a peint un tableau représentant la cave et, autant qu'il m'en souvienne,
Odilon Redon y figure.

★
★ ★

Léon Dierx fut de presque tous ces repas. C'est là que j'appris à le connaître.

Sa vue baissait déjà. Ceux qui l'ont vu dans la rue ou aux cérémonies poétiques qu'il présidait avec tant de sereine majesté n'ont pas idée de la bonne humeur du vieux poète.

Sa gaîté ne diminuait que lorsqu'on récitait de ses vers et il y avait presque toujours quelque jeune personne qui, se levant soudain, lui jetait à la tête une de ses poésies.

Un soir Mme Berthe Raynold avait récité un de ses poèmes et l'avait si bien dit que le prince des poètes n'en avait pas été fâché. Mais voilà qu'un des convives, qui prétendait cependant connaître sur le bout des doigts et Paris et la poésie de son temps, demande à haute voix : « Est-ce de Lamartine ou de Victor Hugo ? » Il fallut que M. Vollard racontât vingt histoires touchant les naturels de Zanzibar pour que M. Dierx se redécidât à sourire.

Léon Dierx racontait avec complaisance des histoires du temps où il était au ministère. Il y faisait sa besogne en songeant à la poésie. Une fois, il devait écrire à un archiviste de sous-préfecture et au lieu de Monsieur l'Archiviste, il écrivit

Monsieur l'Anarchiste, ce qui causa un grand scandale dans la sous-préfecture.

Les peintres préférés de Léon Dierx étaient Corot, Monticelli et Forain.

Un soir que nous sortions de la cave de M. Vollard, le Prince des Poètes m'invita à aller le trouver chez lui aux Batignolles. Il me reçut avec bonté.

Aux murs, des Décamérons peints par Monticelli voisinent avec des croquis de Forain, et les personnages anciens et diaprés de l'un semblent se mêler aux silhouettes modernes et spirituelles de l'autre, pour former une cour étrange et lyrique à ce prince presque aveugle de l'aristocratique République des lettres.

Parnassien, il avait de l'indulgence pour les poètes de toutes les écoles (c'est ainsi que l'on nomme les partis au pays de la poésie).

« Toutes les théories peuvent être bonnes, disait-il, mais les œuvres seules comptent. »

Il s'exprimait avec réserve sur les lettres contemporaines, mais s'il lui arrivait de prononcer le nom de Moréas, sa voix s'enflait et l'on devinait qu'une préférence se-

crète déterminerait son choix, si un sou-
verain avait à choisir.

Il me dit aussi :

« Notre époque de prose et de science
a connu les poètes les plus lyriques. Leur
vie, leurs aventures constituent la partie
la plus étrange de l'histoire de notre
temps.

« Gérard de Nerval se tue pour échapper aux misères de l'existence, et le mystère qui entoure sa mort n'est pas encore
expliqué.

« Baudelaire est mort fou, ce Baudelaire
dont on connaît si mal la vie, en dépit
des biographes et des éditeurs épistolaires.
N'a-t-on pas parlé de ses vices et de ses
maîtresses ? On assure maintenant que,
dans ses Mémoires, Nadar se fait fort de
démontrer que Baudelaire est mort vierge.

« En ce moment même, un poète du
premier ordre, un poète fou erre à travers
le monde... Germain Nouveau quitta un
jour le lycée où il professait le dessin et
se fit mendiant, pour suivre l'exemple de
saint Benoît Labre. Il alla ensuite en Ita-
lie, où il peignait et vivait en vendant ses
tableaux. Maintenant il suit les pèleri-

nages et j'ai su qu'il avait passé à Bru-
xelles, à Lourdes, en Afrique. Fou, c'est
trop dire, Germain Nouveau a conscience
de son état. Ce mystique ne veut pas qu'on
l'appelle un Fou et *Poverello* lyrique, il
veut qu'on n'emploie à son endroit que le
mot Dément.

« Des amis ont publié quelques-uns de
ses poèmes, et comme il a renoncé à son
nom, on n'a mis sur ce livre que cette
indication mystique comme un nom
de religion : P. N. Humilis. Mais son
humilité serait choquée de cette publication, s'il la connaissait. »

Léon Dierx ralluma sa pipe d'écume. Il
secoua sa belle tête aux longs cheveux
blancs.

« Germain Nouveau peut encore
peindre, dit-il, je ne peux plus le faire.
Ma vue a baissé au point que je suis
presque aveugle. Je ne peux plus lire les
livres qu'on m'envoie. Autrefois, je me
récréais en peignant. Et je ne connais
rien de plus heureux que la vie d'un
paysagiste... »

Ce prince qui venait des îles a fait place
à un autre prince des poètes, Paul Fort,
à peine notre aîné.

*
* *

C'est dans la cave de la rue Laffitte que fut composé *le Grand Almanach illustré*. Tout le monde sait que les auteurs en sont Alfred Jarry pour le texte, Bonnard pour les illustrations et Claude Terrasse pour la musique. Quant à la chanson, elle est de M. Ambroise Vollard. Tout le monde sait cela et cependant personne ne semble avoir remarqué que *le Grand Almanach illustré* a été publié sans noms d'auteurs ni d'éditeur.

Le soir où il imagina presque tout ce dont se compose cet ouvrage digne de Rabelais, Jarry épouvanta ceux qui ne le connaissaient pas, en demandant après dîner la bouteille aux pickles qu'il mangea avec gloutonnerie.

Nombre des anciens convives regretteront ce coin pittoresque de Paris, la voûte blanche de cette cave où, près des boulevards, on goûtait une grande quiétude et sans aucun tableau aux murs.

TABLE

MACON, PROTAT FRÈRES, IMPRIMEURS